EDMOND SAUTEREAU

BORDS

DE LA LOIRE

ET

DU LOIRET

FRONTISPICE DE GIACOMELLI

GRAVÉ A L'EAU FORTE PAR LALAUZE

PARIS

ALPHONSE LEMERRE, ÉDITEUR

31, PASSAGE CHOISEUL, 31

—

1878

BORDS DE LA LOIRE

ET DU LOIRET

Ouvrage tiré à 500 exemplaires sur papier vergé teinté.

———

Frontispice de H. GIACOMELLI,
gravé par Ad. Lalauze, imprimé par A. Salmon.

75 exemplaires
avec frontispice imprimé sur papier de Hollande.
7 fr. l'exemplaire.

———

25 exemplaires
avec chacun trois frontispices *avant la lettre*, imprimés :
un sur papier du Japon,
un sur papier de Chine, un sur papier Wattmann.
10 fr. l'exemplaire.

BORDS DE LA LOIRE

Imp. A. Salmon, Paris.

BORDS DE LA LOIRE

EDMOND SAUTEREAU

BORDS
DE LA LOIRE
ET
DU LOIRET

FRONTISPICE DE GIACOMELLI
GRAVÉ A L'EAU FORTE PAR LALAUZE

FAC ET SPERA

PARIS

ALPHONSE LEMERRE, ÉDITEUR

31, PASSAGE CHOISEUL, 31

1878

« Que ne chantiez-vous le parfum des
fleurs, la voix de la nature, l'espérance
et l'amour, la vigne et le soleil, l'azur et
la beauté? »

(Alfred DE MUSSET.)

BORDS DE LA LOIRE

> « . . . . . . La Loire dans son sein
> Incertaine. . . . »
>
>   (André Chénier.)

UNE MARE DANS LES PRÉS

DE FLEURY

« Au détour du chemin une mare apparaît. »
(Albert MÉRAT, *Au fil de l'eau.*)

LA mare est un peu d'eau tranquille et somnolente
    Au milieu des prés verts émaillés et fleuris,
Et sourit vaguement au pied des saules gris,
Comme un œil entr'ouvrant sa paupière indolente.

Sur ce miroir bruni j'aime, placide et lente,
La clarté qui descend du céleste lambris,
Son reflet métallique et la touffe d'iris :
J'y vois du paysan l'image ressemblante.

Dans la simplicité de son monde rural,
Humble, il vit résigné sous le chaume natal.
Mais il a son soleil, ses fleurs, plus loin sa Loire.

Ainsi puissent mes vers, dans les loisirs éclos,
Naïfs, entre les voix de la plaine et des flots,
Avoir quelque douceur, du moins, s'ils n'ont la gloire!

PAYSAGE, VU DE SAINT-LOUP

A M. GEORGES JACOB

« Large et lente, la Loire aux eaux éblouissantes. »
(André THEURIET, *Le Chemin des bois*.)

QUEL est ce monstrueux serpent
Dont les écailles resplendissent
Et dans le lointain réfléchissent
D'un ciel en feu l'or et l'argent?

C'est le grand fleuve, aujourd'hui lent,
Dont les spirales éblouissent.
Entre ses rives qui blanchissent
Immense il glisse indifférent.

Tout luit, sables, digue, oseraie,
Le clocher de Saint-Jean-de-Braye,
Les blanches maisons de Combleux,

La ferme et l'île Charlemagne,
Peupliers verts dans la campagne;
Au tournant, bouquet de pins bleus.

SOIR

L'HORIZON qui pâlit est couleur d'améthyste;
Et, d'un violet fin vaguement irisé,
Le flot s'endort sans bruit sous le ciel apaisé.
C'est le soir qui descend, à la fois doux et triste.

C'est l'heure où le poète et le paysagiste,
Après un jour d'été longuement embrasé,
Pour reposer leurs yeux et leur cœur épuisé,
Cherchent la demi-teinte agréable à l'artiste.

Flambeau du crépuscule, au défaut du soleil,
L'étoile à l'occident scintille, point vermeil.
A l'exemple du ciel, la ville aussi s'allume;

Et sur le pont géant dans le lointain jeté,
Haletant, des wagons le train passe emporté
Par son cheval de feu, qui hennit et qui fume.

APRÈS LA PLUIE

SUR le fleuve au loin sans merci
Il a plu dans la matinée.
Tout le long de l'après-dînée
Il a plu sans relâche aussi.

L'orage fuit vers Beaugency.
L'atmosphère est rassérénée.
De feux la nue est couronnée
Au ciel lentement éclairci.

Sur les quais trempés par la pluie
Bois épars, dalles, tout s'essuie
Et fume, comme un encensoir.

Sur un bleu pâle et plein de charmes,
Comme un sourire après des larmes,
La ville émerge : c'est le soir.

PETITS PÊCHEURS, PETITES GENS

« Et tant de pauvreté ! »
(V. Hugo, *Les Pauvres gens*.)

DANS les soirs d'été, sur le quai
Où respire la foule honnête,
Avez-vous vu la silhouette
Du petit pêcheur vif et gai ?

Près du grand-père fatigué
(Sa fille est morte, la pauvrette !)
L'enfant du peuple se reflète,
Pieds nus, dans l'eau claire du gué.

2

Petites gens... Dans une barque
Assis, déjà mûr pour la Parque,
L'aïeul rit, quand mord un poisson,

Et joyeux l'espiègle trépigne,
Quand une ablette à l'hameçon
Luit pendante au bout de la ligne.

BATEAU DE LAVEUSES

Que n'ai-je le pinceau d'un Blin
   Ou d'un Pensée à mon service !
J'aurais bien vite fait l'esquisse
Du lavoir, de laveuses plein.

Mais, bien que mon croquis pâlisse
Auprès de leur simple fusain,
Allons, ma plume, un peu d'entrain !
Tant bien que mal qu'il s'accomplisse.

Petit pont de bois, grand bateau,
Toit d'ardoises au noir tuyau,
Bras nus qui tordent la lessive,

Bruit de battoirs et gai babil;
Montre tout cela de profil,
Tenant par un câble à la rive.

CRUE DE LA LOIRE

C'EST la nuit : dans le val où, limpides et bleus,
　　Entre les sables d'or les flots dans le silence
Déroulaient leur rêveuse et calme nonchalance,
Ils bondissent bruyants, jaunes, torrentueux.

Comme un géant longtemps endormi sous les cieux,
Et qui sort tout à coup de sa longue indolence,
A l'assaut de ses bords le grand fleuve s'élance,
Jetant l'écume au vent, comme un coursier fougueux.

Des arbres, spectres froids, on voit surgir la cime,
Pâle et muet témoin, la lune sur l'abîme
Semble l'œil du Très-Haut, dans l'ombre grand ouvert ;

Et malgré soi l'on songe aux colères du Rhône,
Aux logis inondés, aux berceaux vers la mer
Entraînés, à Toulouse, hélas ! à la Garonne.

L'ABREUVOIR

Las d'avoir parcouru sa brûlante carrière,
L'astre éteint dans les flots l'or de ses chauds rayons.
Le couple pommelé des puissants percherons
Vient s'abreuver au fleuve et laver sa poussière.

Jusqu'à mi-jambes nu, l'homme dans la rivière
Entre assis sur l'un d'eux, qu'il presse des talons,
Leur poitrail fait jaillir l'écume à gros bouillons,
Et sur l'onde surnage une épaisse crinière.

Du fond de leurs poumons sort un souffle bruyant.
Tous deux, le cou tendu pour boire et l'œil brillant,
Hument l'eau. Des naseaux elle déborde blanche.

Puis ils sortent du bain tout trempés et luisants,
Et sur le parapet Riballier qui se penche
Aime à voir ruisseler leurs croupes et leurs flancs.

PROMENADE TOPOGRAPHIQUE

Avec boussole et graphomètre,
    Niveau d'eau, planchette et trois-pieds,
Pour lever des plans, écoliers
Sont partis sur les pas du maître.

La berge est haute : on s'y vient mettre
Sous les ormes hospitaliers,
Et déjà dessins réguliers
Sur le papier brûlent de naître.

3

Tandis qu'on trace angles obtus,
Courbes et lignes des talus,
Un clairon sonne dans son cuivre;

Il s'exerce au bord des graviers,
Et dans tous ces cœurs qu'il enivre
Fait vibrer les instincts guerriers.

GROS TEMPS

Le vent souffle de l'ouest ainsi qu'une rafale.
Il remonte le cours du fleuve, hier uni,
Dont le flot maintenant, par la brume terni,
Se soulève, et houleux tord sa verte spirale.

Chaque vague écumante est comme une cavale,
Dont les longs crins épars fouettent le flanc bruni ;
Et le clapotement du gouffre froid et pâle
Est comme le cri sourd d'un grand espoir trahi.

Dans son vol circulaire et léger, l'hirondelle,
Pilote aérien, rase du bout de l'aile
L'onde, et se fait sans peur bercer par l'aquilon.

En eau trouble pêchant, la mouette grisâtre
Se balance au vent, plonge, emporte un barbillon,
— Et la voile remonte au loin large et blanchâtre.

AU

JARDIN DES PLANTES D'ORLÉANS

Dans ce jardin où la jacinthe,
 Quand l'hiver nous a dit adieu,
Près des lilas et du lin bleu
Montre sa fleur de grâce empreinte,

Il est un humble labyrinthe :
Là point de cèdre de Jussieu.
Sans fil d'Ariane, par jeu
On s'y peut engager sans crainte :

Dédale aux innocents détours,
Cher aux enfants dans les beaux jours,
Sur l'arbre y niche la fauvette.

Sur le haut de son tertre on a
D'Orléans le panorama
Et des parfums de violette.

BATEAU DRAGUEUR

« *Lima labor et mora.* »
(HORACE.)

« Fuis le mètre commode. »
(THÉOPHILE GAUTIER.)

Toi, dont les seaux formant la chaîne
   Sans répit, dans sa profondeur,
Grave et laborieux dragueur,
Vont fouillant le fleuve avec peine,

Tu me fais songer à la gêne
Que doit s'imposer le penseur,
Pour donner au vrai connaisseur
Une œuvre gracieuse et saine.

Oui, pour un peu de sable fin
Que d'efforts, de travail sans fin,
Que de patience stoïque !

Que de cailloux il faut trier !
Hélas ! pour une perle unique,
Songeurs, parfois que de gravier !

A L'ILE ARRAULT

CHAMP DE MANŒUVRE

> « Il faudra courir sac au dos. »
>
> (Victor de Laprade, *Le Livre d'un père*.)

Jour de vacance : allons voir faire l'exercice
Dans le champ de manœuvre, enfants, à l'île Arrault.
Et par files briller les feux du chassepot
Aux mains du volontaire et du conscrit novice.

Venez à leur école apprendre le service,
Et, soldats apprentis, puisqu'un jour il vous faut
Tous indistinctement du sang payer l'impôt,
D'avance prendre goût, petits, à la milice.

4

Si l'hydre de la guerre et de l'invasion,
De nouveau se ruant sur notre nation,
Tentait dans ses replis d'étouffer notre race,

Plutôt que de subir le joug de l'étranger,
Songez qu'il vous faudrait mourir pour nous venger,
Ou vaincre, en combattant contre trois, comme Horace.

PETITE GUERRE

A LA FERME DES GROUX

« …*Bellique eient simulacra sub armis.* »
(VIRGILE.)

CE n'est que la petite guerre,
 Un simulacre de combat.
Dans la lutte, d'aucun soldat
Le sang ne rougira la terre ;

Et cependant, plaisir austère,
A cet aspect le cœur vous bat.
Sous le soleil dans son éclat
Se mêlent fumée et poussière.

Par un pli de terrain masqués,
Nos fantassins sont embusqués.
Leur troupe à plat ventre tiraille.

En avant! De notre drapeau
Les trois couleurs dans la bataille,
Hourra! flottent sur le coteau.

SUR LA TOMBE

D'UN JEUNE CHASSEUR DE NOTRE ARMÉE

TOMBÉ PRÈS DE SAINT-JEAN-DE-LA-RUELLE

Ici gît un fils de la France,
Sous la balle des ennemis,
En combattant pour son pays,
Tombé jeune, dans sa vaillance.

Point de nom. La terre, en l'absence
De parents et même d'amis,
A recouvert ses froids débris
Ensevelis seuls, en silence.

Mais qu'importe? L'obscur soldat
Qui succombe dans le combat,
Dieu le connaît dans la mêlée,

Et la tombe du conquérant
Ne vaut pas pour le Tout-Puissant
Son humble et pauvre mausolée.

CHÈVRES DE L'HOPITAL

Bien me plaît, le long de tes rives,
Loire, en été, quand du chardon
S'envole au vent le blanc coton,
Le troupeau des chèvres lascives,

Qui vont broutant plantes chétives.
Contemporaine de Clothon,
Leur gardeuse avec son bâton,
En filant, guide les rétives.

Pour l'enfant de la pauvreté,
L'orphelin, — ô Dieu de bonté ! —
L'une emplit sa blanche mamelle ;

Et l'autre pour les vieillards fait
D'un peu d'herbe sèche du lait :
— O Providence maternelle !

SABLES MOUVANTS

« ... Surprennent le nageur tombé dans les eaux vertes. »

(Théodore de Banville, *Odes funambulesques.*)

Fuyez dans les eaux la grande herbe verte,
Ignorants nageurs, sages de vingt ans.
Gardez-vous aussi des sables mouvants :
Toute erreur pourrait causer votre perte.

De sécurité leur ruse couverte
A pour votre cœur des airs décevants.
Ne vous livrez pas, crédules enfants,
A leur piège adroit qui vous déconcerte.

5

Tel est des plaisirs l'attrait séducteur :
Tout vous semble en eux aimable, enchanteur.
Leur calme apparent cache le naufrage.

Combien d'imprudents gais s'y sont jetés,
Et puis perdant pied, malgré leur courage
Dans l'onde perfide, hélas! sont restés!

LA TUILERIE

Dans les moments de flânerie,
Le long de ces bords sablonneux
Que viennent baigner les flots bleus,
On aime l'humble tuilerie,

Ses hangars, leur mousse fleurie,
Leurs toits de joncs, de chaumes vieux,
La tuile qui s'étale aux yeux
Ou sèche en longue galerie,

La palissade du jardin
Où croissent houblon et jasmin,
Les fagots pour le four avide,

Les murs calcinés et fumeux,
Et rouge et noirâtre, comme eux,
La cheminée en pyramide.

CHEMIN DE HALAGE

J'AIME vos chemins de hâlage,
    Bruns mariniers, et vos chevaux,
Qui sur la corde des bateaux
Tirent, cramponnés au rivage.

Leur destin n'est-il pas l'image
Du sort de l'homme aux longs travaux
Toujours pesants, toujours nouveaux,
Voué, pour unique partage?

Malgré ses forces et le cœur
Qui lui fait aimer son labeur,
Certes parfois sa tâche est rude.

Mais moins heureux en vérité
Ceux-là qui de l'oisiveté
Font à jamais leur seule étude.

MOULIN A VENT

QUE du levant vienne la brise,
  Moulin, ou que celle de l'ouest
Emporte le ballon sans lest
Et la feuille à son rameau prise,

Au gré de l'haleine indécise
D'Éole, vers Belfort ou Brest,
Au vent du nord, au vent de l'est
Fais tourner ta grande aile grise.

Que Zéphyr souffle ou l'aquilon,
Comme un immense papillon,
Qu'elle agite son ombre oblique :

Les habiles changent souvent.
Je sais tel homme politique
Qui, comme toi, tourne à tout vent.

CONFLUENT DU LOIRET

L E vert et gracieux Loiret,
　　Si frais qu'on est tenté d'y boire,
A peine échappé d'Olivet,
Déjà se jette dans la Loire.

Oh ! charmant, mais trop court trajet !
Hélas ! c'est la commune histoire :
Ainsi fuit ton mirage, ô gloire.
De la nature c'est l'arrêt,

6

Ainsi passent, gais ou moroses,
Les jours de l'homme, ainsi les roses
Qu'effeuille un souffle d'ouragan.

Tels vont ruisseaux à la rivière,
Vers Dieu les enfants de la terre,
Et la Loire vers l'Océan.

TRANSPORT DES RUCHES

DE BEAUCE EN SOLOGNE

ET DE SOLOGNE EN BEAUCE

Adieu, brouillard froid et morose!
Voici le temps où tout sourit,
Aubépine qui refleurit,
Poirier neigeux et pommier rose.

En Beauce, aucune fleur éclose
Ne rit encor. Point d'arbre à fruit,
Point de prés; le trèfle est petit.
Au mois de juin, c'est autre chose.

Du miel recélant le trésor,
Bruyère, arbustes, genêts d'or
Appellent l'abeille en Sologne.

De nuit, le peuple est transporté.
Il reviendra, pendant l'été,
Parfaire au pays sa besogne.

LE LABOUREUR DE BEAUCE

A M. LOUIS RICHAULT

Traducteur des *Géorgiques* de Virgile

« Aux prochaines moissons travaillant avec Dieu. »

(Émile AUGIER, *La Jeunesse*.)

OCTOBRE est de retour : à peine est apparue
L'aube, que matinal, regagnant ses travaux,
Son grand fouet à la main, part avec sa charrue
Le laboureur porté par l'un de ses chevaux.

Déjà la matinée est humide et brumeuse.
Homme et chevaux couplés aspirent le brouillard.
Maigre et mouillé, dressant sa tête floconneuse,
Le chardon épineux se hérisse à l'écart.

Du courlis effrayé le dernier cri s'efface.
L'alouette en chantant rase encor les sillons.
A l'orient le ciel s'éclaire, et dans l'espace
Se dispersent au loin des gerbes de rayons :

C'est lui, c'est l'œil du jour, au-dessus du nuage,
Dont le sommet vermeil brille de rose et d'or.
Dans la terre le soc s'enfonce, et l'attelage,
Reprenant le sillon, va, vient, revient encor.

Le coutre fend le sol ; et la glèbe croulante,
Qu'avec effort soulève et retourne le fer,
Le fait luire au soleil et s'étale fumante :
On croit voir des vapeurs d'encens flotter dans l'air.

Et sur les pas de l'homme et des vaillantes bêtes
Voletant, sautillant, se pressent sans façon,
Convives emplumés, pie et bergeronnettes,
Becquetant à l'envi vers, larves à foison.

D'un agreste parfum la terre labourée
Enivre à pleins poumons le travailleur hâlé.
Des fraîcheurs de la nuit la plante saturée
Penche et fait resplendir son feuillage emperlé.

Avec chiens et pasteur au long manteau rustique
En bêlant sort du parc le troupeau de moutons,
A cette heure entouré de brume poétique ;
Il s'en va chercher l'herbe et la plante en boutons.

De la cour de la ferme avec leur petit pâtre
Lentes sortent aussi les vaches aux flancs roux :
D'un regard vigilant la maîtresse de l'âtre
Les suit jusqu'au détour du gros buisson de houx.

Autour du laboureur humble, dur et stoïque
De mâle activité tout se remplit aux champs ;
Tout forme sous le ciel comme un concert rustique,
Auquel s'unit son cœur plein de rêves touchants.

Travailleur pacifique, et que pourtant la guerre
Trouverait courageux et fort dans le combat,
S'il fallait pour les camps abandonner la terre
Et partager, un jour, la tâche du soldat,

Il se sent cher au Dieu dont la toute-puissance
Fait germer et mûrir les blés luxuriants,
Et donne au pain conquis par un labeur immense
Une saveur qui manque au pain des fainéants.

Midi, dont l'ardeur brûle et le sol et le chaume,
Embrase le zénith : tout a soif ; l'air en feu
Fait couler la sueur des chevaux et de l'homme.
L'œil cherche en vain au ciel un flocon ; tout est bleu.

La cloche du village aux lointaines volées
Annonce au travailleur le moment du repos.
Il ramène à leur toit ses bêtes dételées,
Et la Grise lui prête encor son large dos.

Oh ! qu'ils ont bien gagné l'avoine et la provende,
Ces deux bons animaux au poitrail écumant,
Qui, prêts à tout effort que l'homme leur demande,
Labourent depuis l'aube infatigablement !

Et lui, le laboureur, de qui la gorge est sèche
Et l'estomac creusé par l'air frais du matin,
Quand de foin odorant il a rempli leur crèche,
A son tour d'apaiser et sa soif et sa faim.

Assise à ses côtés sa famille rayonne :
Sa compagne robuste et simple lui sourit,
Et ses enfants aimés lui font une couronne,
Comme à l'arbre ses fruits que le soleil mûrit.

Le repas terminé, le père fait un somme
Sur le foin. Sa moitié l'éveille doucement.
Un frais baiser d'enfant l'effleure aux tempes, comme
Le zéphyr, en juillet, rase le flot dormant.

Debout ! De retourner voici l'heure venue.
L'attelage repart et reprend ses travaux :
Dans le champ jusqu'au soir geint encor la charrue,
Et vont à plein collier tirant les bons chevaux.

Avec ses compagnons à la vaste encolure
L'homme, sans s'arrêter, marche du même pas,
De ce pas soutenu, calme et vaillante allure,
Dont va le paysan jusqu'au jour du trépas.

Enfin le soir descend, et dans la plaine blonde,
Où la brise en été creusait des vagues d'or,
Luit la route et son rang d'ormes à tête ronde
Au loin, et du clocher le coq plus loin encor.

Les vaches font tinter leurs clochettes fêlées
Le long du chemin blanc, au bord d'herbe couvert.
Par degré le ciel prend des nuances voilées
D'améthysthe, d'or pâle idéal et de vert.

7

L'air fraîchit : à demain semailles et hersage.
Les poumons dilatés respirent ; la sueur
Du flanc des deux chevaux lassés du labourage
S'exhale et fait un nimbe à la blanche lueur.

Le laboureur revient, et brune au crépuscule
Sa silhouette, assise au flanc d'un des chevaux,
Sur l'horizon lointain et dont la ligne ondule
Grandit, mêlant son ombre à celle des coteaux.

Et puis tout lentement pâlit, s'éteint, s'efface.
Le croissant argenté paraît au firmament.
A son foyer joyeux l'homme a repris sa place ;
Il a rempli sa tâche, et son cœur est content.

Le travailleur sourit, plein de reconnaissance
Pour Dieu, qui lui donna tendre épouse, enfants blonds.
Il s'endort, et ce Dieu lui fait en espérance
Voir abonder aux champs de nouvelles moissons.

LE BOUQUET DE LA MOISSON

A MON CHER MAÎTRE M. LOUIS BONNEFONT

HOMMAGE D'AFFECTUEUSE RECONNAISSANCE

Sans un point noir à l'horizon,
Des moissonneurs l'œuvre s'est faite.
A revenir des champs s'apprête
Le dernier char de la moisson.

La glaneuse, d'épis en quête,
Fait sa récolte à sa façon :
Au soleil, l'or blond sur sa tête
Resplendira près du buisson.

Reste une gerbe : elle est ornée
D'un rameau vert, et couronnée
De rubans, de rustiques fleurs.

On en pare aussi l'attelage,
Et sur leur char les travailleurs
Rentrent en triomphe au village.

LA VENDANGE

AUX ENVIRONS D'ORLÉANS

D<small>EBOUT</small>! Voici la vendange.
  Qu'on prenne hotte et panier.
Les blés emplissent la grange :
La cuve après le grenier.

Qu'on aiguise les serpettes ;
Qu'on attelle le baudet.
Que voitures et brouettes
Roulent le long du guéret.

Du dernier jour de septembre
L'aube blanchit dans les cieux.
C'est l'heure où, frais comme l'ambre,
Brille le raisin joyeux ;

Où les gouttelettes blanches
Font à la vigne un décor
Pour les feuilles de ses branches
De pourpre, de vert et d'or.

Sans tarder, à la cueillette
Qu'on procède sur-le-champ.
Dans l'air la vive alouette
Monte et fait vibrer son chant.

Sa voix dit : « Garçons et filles,
Vieillards, enfants, pleins d'ardeur
Travaillez ! A vous mes trilles
Sont le salut de mon cœur.

La grappe est mûre et réclame
Vos mains. Ne l'épargnez point.
La grappe est comme la femme :
Il faut la cueillir à point.

C'est la serpette polie
Qui cueille l'une en sa fleur,
Pour l'autre, blonde et jolie,
L'Amour est le vendangeur.

Mais déjà midi s'allume.
Courage, bons ouvriers !
Bientôt ce sera la brume :
Cueillez, aimez et riez.

Bientôt pour les amoureuses
Viendra midi, puis le soir.
Cueillez les heures joyeuses
Et les grains pour le pressoir.

Imitez les alouettes,
Que mai voit nicher aux champs.
Que le rhythme des serpettes
De vos cœurs scande les chants.

— Et vous, trop jeunes encore
Pour comprendre mon refrain,
Bambins, à qui rit l'aurore,
Barbouillez-vous de raisin ! »

Ainsi chante l'alouette,
Et de la vigne au logis
S'en vont jarres et brouette
Pleines de raisins rougis.

On déjeune assis sur l'herbe.
Le vert fossé sert de banc.
Les fleurs présentent leur gerbe,
Où s'étale le pain blanc.

Tandis qu'en pleine verdure,
Par une corde au piquet
Prudemment lié, pâture
L'humble et sobre bourriquet,

Les propos, les commérages
Et les caquets vont leur train :
On parle de mariages,
De Thérèse et de Sylvain.

Puis on reprend les serpettes,
Et de la vigne au pressoir
De nouveau tine et charrettes
Vont et viennent jusqu'au soir.

— Et si Jacques, le vieux drille,
Fait mine alors d'embrasser
Thérèse, la belle fille
Que Sylvain doit épouser,

La belle au bras vif et leste
Vite esquive son museau,
Puis saisit d'une main preste
Un raisin noir au tonneau,

Et l'écrase sur la face
De ce suranné Tircis,
Dont la subite grimace
Provoque de gais lazzis.

Telle dans l'antique idylle
L'espiègle Naïade Églé,
Pour encourager Mnasile,
Le jeune Faune troublé,

De sa main rapide et sûre,
Des tempes jusqu'au menton,
Du jus sanglant de la mûre
Empourpre le dieu barbon.

Lui, pour punir la friponne,
Menace de l'embrasser.
Mais, comme un trait, la mignonne
En riant fuit son baiser.

8

O fuite pleine de grâce !
Mais tandis que ce tableau
Nous attire, l'heure passe,
L'ombre envahit le coteau.

Dans sa brune chevelure
Piquant une étoile d'or,
La nuit sous sa mante obscure
Descend : adieu Thermidor.

Nicolas s'en va voir Jeanne,
Et là-bas dans le sentier
Semble encore sur son âne
Silène, lourd cavalier.

NELLY

NELLY n'est pas une savante.
  Ce n'est même pas un bas-bleu,
Et son cœur ne prendrait pas feu
Pour tout ce qu'aime la pédante.

Qu'est-elle donc ? Une ignorante ?
Non : elle sait de tout un peu.
Elle sait coudre et prier Dieu,
Et plaît par sa grâce décente.

Elle a la gaîté d'un lutin,
De l'esprit, même du plus fin,
Mais ce n'est pas celui de Tendre.

Si cette autre Henriette, un jour,
Rencontrait un autre Clitandre,
Tous deux ils s'aimeraient d'amour.

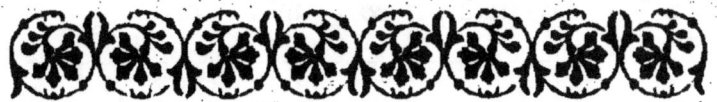

PAYSANNE

DES BORDS DE LA LOIRE

« Las du mépris des sots qui suit la pauvreté,
« Je regarde la tombe... »

(André Chénier.)

Rose est une paysanne,
    Une simple fleur des champs,
Que bon nombre de galants
Regardent d'un œil profane.

Elle n'a que sa cabane,
Sa fraîcheur, ses dix-huit ans,
Son cœur, ses deux bras vaillants,
Et sa vieille mère Jeanne.

Un vieux, gros courtaud-vilain,
Dit : « J'ai demandé sa main :
Je suis riche... elle est gentille ! »

Mais pour elle un tel marché
Serait un très-gros péché :
Elle aime mieux rester fille.

RÉQUISITION PRUSSIENNE

EN BEAUCE

A MES ÉLÈVES DE L'ÉCOLE NORMALE PRIMAIRE D'ORLÉANS

« *Audentes fortuna juvat.* »
(VIRGILE.)

« Verdun s'était rendu. »
(André THEURIET, *Les Paysans de l'Argonne*.)

Muse de la patrie, ô toi qui de l'Argonne
Au chantre dont la voix, comme le clairon, sonne,
Fis voir les paysans sublimes de courroux
Traquer les Allemands, comme on traque les loups ;
Vierge qui, gémissant sur nos gloires brisées,
Vers les champs de Valmy reportes nos pensées,
Et nous fais entrevoir dans ce grand souvenir
L'augure consolant d'un meilleur avenir,

Inspire-moi ton souffle et l'ardeur qu'au poëte
Qui pour devise a pris : « Fais ce que dois! » il prête,
Et qu'en vers indignés je peigne les douleurs
D'un village de Beauce et de ses laboureurs.

C'était durant ces jours d'ineffable souffrance,
Où Paris, séparé du reste de la France,
Voyait s'étendre au loin la ceinture de fer
Qui le serrait aux flancs et meurtrissait sa chair,
Et, comme Bitsche, fier malgré l'horrible étreinte,
Combattait pour l'honneur, sans espoir, mais sans crainte.
C'était l'heure où partout le farouche Allemand
Rançonnait nos cités impitoyablement ;
Où Châteaudun, martyr de son patriotisme,
Brûlait, pour protester contre le vandalisme,
Et sous l'œil de l'Europe et de tout l'univers
De son bûcher stoïque éclairait nos revers.
Malheur au paysan sans ressource et sans armes,
Qui, dans ces jours de deuil, d'angoisses et de larmes,
Avait gardé chez lui, dernier trésor, afin
De sauver ses enfants, sa femme de la faim,
Quelques sacs de froment, quelques mesures d'orge!
Posant d'un pistolet le canon sur sa gorge,

Le Prussien le sommait, fier du droit du plus fort,
De livrer tout son bien, sous peine de la mort,
Et si le paysan refusait, barbarie !
Aux portes de la grange ou de la bergerie
Lié par une corde, il voyait sa maison
Mise à sac, sans pouvoir en demander raison.

Civry, c'est le village où cette fois les reîtres
Sont entrés. L'arme au poing, ils commandent en maîtres.
Ils ont dit : « Sans délai, qu'on apporte le blé,
Et l'avoine, et la paille, et le foin botelé.
— Mais, dit le maire, hélas ! vos pourvoyeurs avides
Ont tout pris : nos greniers et nos granges sont vides.
A peine quelques-uns de nous ont-ils encor
Un morceau de pain noir, leur unique trésor,
Et quelque pauvre vache affamée, amaigrie,
Dont le lait des enfants malades est la vie ! »
— Alors de sa voix rogue et brutale un Teuton :
« Chiens, vous périrez tous ici sous le bâton,
Si vous n'apportez pas toute votre farine.
Donnez tout, grain, bétail, ou je vous extermine !
Vous avez pour cela dix minutes... Allez !
Par le diable, manants, vite ! Sinon, tremblez ! »

9

Sans armes, qu'opposer au chef de cette troupe ?
Il n'est qu'un seul parti : vider, hélas! la coupe
Jusqu'à la lie, en boire et l'absinthe et le fiel,
Et, cloués sur la croix, en appeler au ciel.
A l'œil inquisiteur de cette bête fauve
Rien n'échappe. Le foin, l'avoine encore sauve,
Le blé sont apportés. Les vaches aux flancs creux,
Pauvres bêtes à l'œil doux, grave et malheureux,
Bientôt forment un groupe au milieu du village,
Sur la place où jadis les fermiers sous l'ombrage
Devisaient, et, le jour de la fête, aux chansons
Dansaient, avant la guerre, et filles et garçons.

Déjà, sur le signal du brutal capitaine,
Le butin va partir, et la troupe germaine
S'éloigner. Un vieillard, aïeul aux cheveux blancs,
Qui tremble pour les jours de ses petits-enfants,
Ose dire : « Arrêtez! écoutez ma prière !
J'ai deux petits-enfants : l'un a cinq ans, c'est Pierre ;
L'autre, c'est Marguerite, en a trois. Ils ont faim
Et pleurent. Je n'ai plus même un morceau de pain.
Plusieurs de mes voisins sont comme moi. De grâce,
Ayez pitié de nous! ne soyez pas de glace.

Peut-être, vous aussi, vous avez des enfants.
Si, loin d'être aujourd'hui vainqueurs et triomphants,
Vous étiez envahis par une immense armée,
Voyant votre famille éperdue, affamée,
Ne maudiriez-vous pas, comme un homme de sang,
Celui qui vous prendrait le pain de l'innocent ?
Laissez-nous notre blé ! — Vous le laisser ! vermine !
Pour les tiens et pour toi le jeûne et la famine,
C'est encor trop. Voici pour toi, chien de Français ! »
Et l'officier prussien, dans un sauvage accès
De fureur, ajustant le vieillard sans défense,
Fit feu. L'aïeul tomba. Fier de sa violence,
L'homme du Nord donna le signal du départ,
Et l'on fit cercle autour du courageux vieillard.

   Les nôtres, un instant brisés par la souffrance,
Demeurèrent muets, courbés, sans espérance.
Mais soudain l'un d'entre eux, un robuste garçon
Bronzé par le soleil qui dore la moisson,
Et rompu dès l'enfance aux travaux de la ferme,
Dont le long exercice a rendu son bras ferme,
D'une voix où frémit la haine et non la peur,
En étanchant le sang du bon vieux laboureur,

Tout bas crie aux amis qui l'entourent : « Vengeance !
Êtes-vous, comme moi, gens à courir la chance ?
Alors c'est dit : là-bas j'ai caché deux fusils
De braconnier, rouillés aux brumes des taillis.
Et vous, pour châtier cette engeance pillarde,
N'avez-vous pas aussi quelque fusil de garde,
Où l'on puisse, à défaut de balle de flingot,
Bourrer du plomb à loup ou quelque vieux lingot
Capable de réduire à jamais au silence
De ce lourd Goliath l'audace et l'insolence ?
Et si ce n'est assez, les fourches et les faux
Sont nos outils, à nous. Sus à ces vils bourreaux !
Nous n'avons point ici, comme dans la montagne,
De roc ni de ravins ; tout est rase campagne.
Tournons-les. Au sortir du village, au détour
Du gros buisson, là-bas, vite, en coupant au court,
Allons nous embusquer au fond de la marnière,
Dans le trou, vous savez, que masque un tas de pierre. »

On s'arme, on fait le tour des clos par le sentier ;
On se poste, on attend, tapis sous l'églantier,
Comme derrière un houx le chasseur dans la sente,
Guettant les sangliers, le doigt sur la détente.

On convient de tirer ensemble dans le tas,
Lorsque les ennemis seront à trente pas.

   Bientôt sous le ciel froid, gris et teinté de bistre,
Apparaît le Germain et sa troupe sinistre.
Sous le pied des chevaux qui marchent lentement
La glace du sentier craque lugubrement.
Derrière une charrette, où le butin s'empile,
Vingt uhlans, cheveux roux, œil bleu, font à la file
Avancer le bétail, qui chemine pensif
Et jette par moments un beuglement plaintif.
La troupe avec son chef approche confiante.
On la laisse passer. Puis, lorsqu'elle est à trente,
Quarante pas au plus, et que, sûr de son coup,
Chacun des paysans tient un soldat au bout
De son fusil, soudain : « Feu ! » dit leur guide aux nôtres.
Cinq coups partent. Le chef des uhlans et quatre autres
Tombent frappés à mort. L'éclair à peine a lui,
Que le reste au galop bravement s'est enfui.
Aux mains de nos bergers ils ont laissé leur proie
Et leurs morts. Aussitôt, pour que nul ne les vole,
Ceux-ci sont enfouis au fond du trou béant,
Aux côtés de leur chef, le farouche géant.

Honneur aux défenseurs de cet humble village !
Leur exemple a montré ce que peut le courage,
Ce que dans les dangers vaut un ferme vouloir,
Et pour l'homme opprimé l'effort du désespoir,
Quel cœur bat, paysans, sous votre rude écorce,
Et que pour les vaincus l'union fait la force.

SUR LA LANDE

A ADOLPHE LALAUZE

« C'est elle, c'est la sainte et grande paysanne. »
(Paul Déroulède, *Nouveaux Chants du soldat.*)

Sur la lande, où l'ajonc montre sa fleur légère,
Papillon d'or posé près des roses grelots
De la bruyère en grappe, ô petite bergère,
J'aime à voir s'égarer tes moutons solognots.

Telle autrefois, guidant le troupeau de son père,
Jeanne d'Arc au bercail ramenait ses agneaux,
Pauvre, filant le lin qu'avait teillé sa mère,
Et dans le ciel déjà croyant voir des signaux.

Un jour, elle quitta ses campagnes fleuries,
Domremy, ses parents, son toit, ses sœurs chéries :
La vierge à ses brebis dit un suprème adieu,

Et s'en alla bien loin, en dépit des alarmes,
Sur les champs de bataille, à l'appel de son Dieu,
Vers un autre troupeau, celui des hommes d'armes.

LA PART DE L'ABSENT

COUTUME DE BEAUCE

Jour des Rois! La ferme est en fête :
Grand gala pour tous les enfants.
Sur la nappe aux losanges blancs
S'étale la vaste galette.

De la mère la main discrète
A caché la fève dedans.
Des cœurs émus et palpitants
Sur les fronts l'espoir se reflète.

1C

On va partager le gâteau.
Mais la mère avec le couteau
Prélève une part, la plus grosse,

Celle du petit frère absent,
Mais par le souvenir présent :
O sainte coutume de Beauce !

SOLEIL COUCHANT

A l'heure où rougit l'aube amie,
   Ton éclat, voilé de vapeur,
Soleil, faisait rêver mon cœur
A la jeunesse du génie.

Ta flamme encore un peu pâlie
Déjà présageait ta splendeur.
Ton midi, sa puissante ardeur
Fut la maturité bénie.

Tu te couches plus doux encor
Dans ta gloire de pourpre et d'or,
Poétisant le champ fertile.

Ton lever même sur les fleurs
Avait de moins douces lueurs,
Vieil artiste, entre tous habile.

LE PASSEUR

« Jam senior, sed cruda deo viridisque senectus. »

(VIRGILE.)

CUIVRÉ par le soleil et l'onde,
Le passeur est un vieillard vert.
Il tient sa perche au croc de fer.
Sa barque reçoit tout le monde.

Triste ou gai, le passant abonde.
Le nocher, été comme hiver,
Indifférent, a le même air,
Qu'il passe la brune ou la blonde.

Il transporte gais artisans,
Bourgeois, noces de paysans,
Ménétrier, toute une idylle.

Tel autrefois le vieux Charon
Passait chacun sur l'Achéron,
— Sans excepter Dante et Virgile.

APRÈS UN CYCLONE

ENVIRONS DE LA FORÊT D'ORLÉANS

« Les grands pins sont en butte aux coups de la tempête. »

(RACAN.)

J'AI vu chênes, pins orgueilleux,
   Qui dressaient leurs fronts sourcilleux,
     Tout pleins d'audace.
Leurs troncs, impassibles géants,
De loin bravaient les ouragans
     Et leur menace.

Mais sur eux la foudre a passé.
Tout cet orgueil est renversé
     Dans les ravines.

Les pins qui faisaient parasol,
Déracinés, jonchent le sol
    De leurs ruines.

Seule à l'abri de l'élément,
Du berger sourit humblement
    La maisonnette ;
Et près d'elle, au bocage en pleurs,
L'oiseau dit sur l'arbuste en fleurs
    Sa chansonnette.

EN SOLOGNE

A M. S. ARNOUX

D'AUCUNS aiment les paysages
    De Watteau, coquets, pomponnés,
Ses bergères très-peu sauvages
Et ses bergers enrubannés ;

Comme ils aiment les pastorales
Du bon Monsieur de Florian,
Et les Estelles théâtrales,
Qui mettent du rouge et du blanc.

Moi, j'en fais l'aveu sans vergogne,
J'aime bien mieux tes habitants,
O mélancolique Sologne,
Leurs pins, leurs steppes, leurs étangs.

11

Oui, sous le lourd manteau de laine,
Debout, leur barbet à leurs pieds,
J'aime tes pâtres dans la plaine,
Pensifs près des genévriers,

Et leurs moutons à toison rude,
Prompts au naïf effarement,
Qui vont peuplant la solitude
Et de points blancs la parsemant.

Dans les touffes fraîches écloses,
Entre les genêts et les houx,
Des bruyères aux flots de roses
Plonge, en broutant, leur museau roux.

Cette terre âpre aux places chauves,
Aux rares et maigres sillons,
Leur a fait ces nuances fauves,
Comme à ses vaches leurs poils blonds.

Leur laine à l'églantier s'accroche.
Le lièvre, point effarouché,
Fuit lentement à leur approche
Dans le grand chaume mal fauché.

Partout pullulent graminées,
Fougères, ajoncs d'un vert bleu,
Graines au vent abandonnées,
Qui germent, quand il plaît à Dieu.

La perdrix rouge sur la lande
Court en appelant ses perdreaux,
Et dans la perspective grande,
Où blanchissent quelques bouleaux,

Sur un horizon monotone,
Comme un nid blotti sous le bois,
Près des dunes de sable jaune
On voit l'humble ferme et ses toits.

Sans souci que de faire paître
Leurs brebis, ces pâtres mourront
Sur le sol qui les a vus naître :
Comme eux, leurs enfants y vivront,

Sans rien connaître de la vie
Que leur grand soleil, pâle ou clair,
Sur la lande, au printemps fleurie,
Brumeuse et déserte en hiver;

Comme le Breton sur sa grève
Ne connaît rien que l'Océan,
Dont le flot gris berce son rêve
Et les ailes du goëland.

Humble et très-pauvre est cette vie.
Combien pourtant sa pauvreté
Est plus que toi digne d'envie,
O mondaine frivolité !

SAUVETAGE

A MADAME S. ARNOUX

Lorsque je me promène aux rives de la Loire,
Croyez-vous que je rêve uniquement aux flots,
Aux splendeurs du soleil se couchant dans sa gloire
Sur le fleuve où blanchit la voile des bateaux?

Oui, ces tableaux sont doux. Mais devant l'eau profonde
Je songe aussi, Madame, au père courageux,
Qui, par un jour d'hiver, bravant la glace et l'onde,
Arracha des enfants aux flots vertigineux.

Ils allaient expirer entraînés par le fleuve.
Mais lui, ne consultant que la voix de son cœur,
Au risque de laisser en pleurs enfants et veuve,
S'élance et les ravit au torrent en fureur.

Dois-je ici vous nommer ce sauveteur, ce père,
Que des mères encor bénissent à genoux ?
Le flot, quand je songeais sur le bord solitaire,
Le murmurait au vent, qui répétait : « Arnoux ! »

AU COIN DU FEU

L E ciel de mars, plus froid encor dans la vallée
De la Loire qu'ailleurs, verse sa giboulée.
On grelotte, glacé comme au cœur de l'hiver ;
Et je tisonne assis, contemplant mon feu clair.
Le rondin écorcé, sur les chenêts, dans l'âtre
Flambe et par instants jette une flamme bleuâtre.
Et moi je songe à ces longs trains de bois flotté,
Qui descendent le cours du grand fleuve, en été.
Avec leur lourde perche en main, sur le radeau
Je vois les mariniers debout, les pieds dans l'eau,

Un instant maîtrisés par la subite crue
De la nuit, et la foule anxieuse accourue
Pour les voir manœuvrer, et savoir s'ils iront
Entraînés se briser sur la pile du pont.
L'affreux choc, un moment, paraît inévitable.
Durant une seconde, angoisse inexprimable,
Un silence de mort... Puis soudain est poussé
Ce cri : « Dieu soit loué ! » — Sous l'arche ils ont passé.

LE PONT DE BIONNE

Pont de Bionne, quand j'aperçois
    Tes arbres, ton coin de prairie,
Et ton petit ruisseau sournois
Qui jase sous l'herbe fleurie,

Je ne pense pas seulement
A la villageoise proprette
Qui te traverse allègrement,
Portant son lait, comme Perrette,

Et préférant aux falbalas
La simple jupe de futaine,
Se chausse encor de souliers plats,
Comme au temps du bon La Fontaine.

12

Aussi Marc, qui n'est pas un sot,
Sans dot épousera Sylvine,
Quand plus d'une, malgré sa dot,
Coiffera sainte Catherine.

Mon esprit, libre en ses écarts,
Quand je t'aperçois, pont de Bionne,
D'un savant protecteur des arts (1)
Revoit, en outre, la personne,

Qu'aux Orléanais fait chérir
Son tendre amour pour leur musée.
Vers Paris ce cher souvenir
Soudain reporte ma pensée.

Là, dans ce palais merveilleux,
Où l'art du peintre et la sculpture,
Tous les ans, exposent aux yeux
L'idéale et grande nature,

Je vois, le cœur tout embaumé,
La *Jeunesse* au laurier qui brille,

(1) M. Eudoxe Marcille, conservateur du Musée d'Orléans.

Et semblable à ses sœurs de mai,
Fleur humaine, la jeune fille ;

Je vois, beaux marbres très-sentis,
Et la *Pensée* et la *Musique*,
J'admire *Gloria victis !*
Et son groupe patriotique.

Autour du feu de *La Saint-Jean*,
Le soir, sous l'astre du mystère,
Je vois la ronde voltigeant,
Bras nus, pieds nus dans la poussière,

Et comme un papillon follet
Qui volerait autour des flammes,
Le mouchoir qu'éclaire un reflet
Flotter en l'air au cou des femmes.

Je revois au pied du coteau,
Sous l'ombrage, la verte plante
Et les *Grenouilles* d'Hanoteau
Au bord de l'onde transparente,

Pour prendre en silence le frais,
Sortir de leurs grottes humides,
Dignes de servir de palais
Aux sœurs des belles Néréides,

Tandis qu'au loin, sous le soleil
Qui sèche et fane le fourrage,
Sur les chars s'entasse vermeil
Le foin, par crainte de l'orage.

Puis je crois, sous les astres d'or
Et le pâle rayon de l'Ourse,
Plaisirs du soir, vous voir encor,
Et toi, *Biblis,* changée en source.

Mon œil revoit pour leur fagot,
En foulant aux pieds les fleurettes,
Les *Bûcheronnes* de Corot
Ramasser brindrille et bûchettes,

Et, comme un rêve matinal,
Le taillis semé de pervenches,
Où le chien, l'homme et son cheval
Suivent le chemin sous les branches;

Puis, les doigts dans son gantelet,
Martyr d'un labeur héroïque,
Le vieux *Bûcheron* de Millet,
La serpe en main, pauvre et stoïque.

Et je me dis : « Oui, l'art est beau ;
De l'homme il sauve la mémoire,
Et fait luire sur son tombeau
L'immortalité de la gloire. »

LES BLÉS

Souvenir d'Orgères et de la plaine de Loigny

A LA MÉMOIRE DE MON CHER MAÎTRE, HECTOR LEMAIRE

> « Le blé est la nourriture principale
> de l'homme. »
>
> (Joseph MICHON, *Des céréales en Italie*
> *sous les Romains*, Introduction.)

SUR le terrain où, décimées
Par la mitraille et les boulets,
De milliers de morts les armées
Ont ensanglanté les guérets,

Comme si jamais les batailles
N'avaient dévasté les sillons,
Blés, germez après les semailles,
Aux champs foulés des bataillons.

Croissez pour la France nouvelle
Et ses rustiques ouvriers,
Pour qu'elle se relève belle
Après les échecs meurtriers.

Au lieu d'une forêt de piques
Et de glaives rouges de sang,
Hérissez vos dards pacifiques,
Tiges à l'épi jaunissant.

Sur la plaine où dans le silence
Dorment les restes des héros,
Que dans les blés le vent balance
Et bluets et coquelicots.

Au lieu des morts en uniforme
Par l'éclat d'obus éventrés,
Que la meule arrondisse énorme
Son flanc près des sainfoins pourprés.

Au lieu des fourgons d'ambulance
Encombrés de pauvres blessés,
Que le char des moissons s'avance
Comblé de froments entassés.

Assez, assez de mitrailleuses
Fauchant les humains par troupeaux.
Que l'or des moissons plantureuses
Tombe seul au tranchant des faux.

Oui, que robustes et superbes
Aux sillons abondent les blés.
Que la paix prodigue les gerbes
Et leurs trésors amoncelés.

Et, comme la moisson fleurie
Sur le champ des invasions,
Puissent grandir pour la patrie
Les jeunes générations !

A L'HIRONDELLE

Souvenir de l'atelier de M. H. Chouppe

Jadis, légère hirondelle,
    Oiseau libre comme l'air,
J'étais jaloux de ton aile,
Qui sous la voûte éternelle
Rivalise avec l'éclair,

Et dans la splendeur sereine,
Sur le vent ton serviteur,
En te berçant te promène
De la forêt à la plaine,
Des pics bleus aux champs en fleur.

13

Mon âme portait envie
A l'infatigable essor
Qui de la chaumière amie
Te fait au gave en furie
Voler, puis voler encor.

Au Dieu qui te fit si vive
Je me plaignais attristé
De cette chaîne qui rive
Mes pieds pesants à la rive,
Quand tu fuis vers la clarté.

Mais depuis que je voyage
Dans les cartons enchanteurs,
Où sourit maint paysage
Tout plein de grâce sauvage
Et de rustiques senteurs,

De toi, rapide hirondelle,
Je ne suis plus envieux.
Dans la magique aquarelle,
Malgré le vent et la grêle,
Je remonte les flots bleus;

Et, le cœur plein d'allégresse,
En voyant Pougues-les-Eaux,
Je m'arrête avec tendresse
Et savoure mon ivresse
Devant ses riants tableaux :

J'aime ses verts pâturages,
Frais sous leurs saules touffus,
La gaîté de leurs feuillages,
Le trésor de leurs herbages
Aux tapis moelleux et drus.

Des buveurs d'eau quand la troupe
Sous leur ombre vient s'asseoir,
On voudrait boire à leur coupe
— Seul en peut douter un Chouppe —
Sous ces arbres doux à voir.

Frais rameaux où la lumière
Pénètre en mainte façon,
Si bien que leur grâce fière,
Qui ravit et désespère,
Charme et confond la raison,

Je contemple leur verdure,
Leur richesse et leur splendeur,
Tout ce que cette nature
A de beauté forte et pure,
Salutaire pour le cœur.

Chemin faisant, hirondelle,
J'admire les travailleurs
Aux champs courbés avec zèle
Sur la pioche ou la javelle,
Auprès des buissons en fleurs.

De même encor dans sa gloire,
La Charité, Fourchambault,
Lieux gravés dans ma mémoire,
Je contemple votre Loire,
Où s'abreuve le troupeau.

Puis je donne un gai coup d'aile,
Et me voici bel et bien,
Tendre sœur de Philomèle,
Près de la source si belle
Du Poli, d'où je vois Gien.

Un instant là ma pensée,
A l'ombre et près du roseau,
Se rafraîchit délassée
Et nonchalamment bercée
Par le murmure de l'eau;

Et puis... Mais il faut se faire
Ici-bas une raison.
Toute joie est éphémère;
Hélas! tout finit sur terre,
— Et je rentre à la maison.

LA SEINE ET LA LOIRE

CERTES la Seine est plus coquette.
  A Paris grande est sa gaité :
Des bateaux-mouches en été
Y glisse la coque fluette :

Tout sollicite la palette,
Le pont des Arts si bien jeté,
Où, chaque soir, mainte clarté
Tremble dans l'onde et s'y répète ;

La frégate, le Champ-de-Mars
Où flottent tous les étendards;
Le Trocadéro dans sa gloire;

Des minois la vivacité.
— Mais pour l'ampleur, la majesté,
La Seine vaut-elle la Loire?

BORDS DU LOIRET

« Flumina amem sylvasque inglorius... »
(VIRGILE.)

« Je peindrai dans mes vers quelque rive fleurie. »
(LA FONTAINE, *Fables.*)

14

SYMPATHIE

« La nature a pour moi le charme de l'enfance. »

(Eugène MANUEL, *Pages intimes.*)

L'INSECTE vole à la rose,
 Mouche à miel ou papillon ;
Vers l'aurore à peine éclose
Le murmure du sillon ;

Le zéphyr vole aux fontaines
Et l'aigle vers la clarté ;
Les regards aux nuits sereines
Et le cœur à la beauté ;

L'amour sur l'aile du rêve
Vers l'objet de son émoi,
Le martinet à la grève,
Loiret, le poète à toi.

SALUT AU LOIRET

« Enfin le soleil brille ! »
(Alexandre PIEDAGNEL, *Avril.*)

Voici la saison nouvelle :
    Brises de mai, roseaux, fleurs,
Tout fête, comme nos cœurs,
Le retour de l'hirondelle.

Salut, frais et pur Loiret,
Qui sous l'azur étincelles !
Qu'on détache les nacelles,
Immobiles à regret.

Salut, source de Jouvence,
Qui rends au cœur attristé
Le courage et la gaîté,
La jeunesse et l'espérance,

Rive où sourit l'idéal
Dans la grâce poétique
Des flots, du site rustique
Et de l'oiseau matinal,

Dans les brumes ou la flamme
Que réfléchit ton miroir,
Frais et pur, matin et soir,
Comme l'œil bleu d'une femme,

Et dans l'insecte qui va,
Papillon ou demoiselle,
Boire, en te frôlant de l'aile,
Dans ta coupe, ô nymphéa !

Loin des routes monotones
Je veux sous les verts abris,
Sur les traces des Péris,
Cueillir l'iris à fleurs jaunes.

Je veux, jaloux des plongeons,
Du râle d'eau qui s'effare,
Pour y jeter mon amarre,
M'embarrasser dans les joncs,

Cités où l'air est de flamme,
Loin de vos pavés en feu
Je veux voir sous le ciel bleu
L'onde blanchir sous ma rame.

Le long des bords diaprés
Je veux errer sous l'ombrage,
Sans éveiller au passage
Les nids d'air tiède enivrés ;

A plein cœur avec la vie
Qui circule en ces beaux lieux,
Du morne spleen oublieux,
Aspirer la poésie.

Oui, qu'on retrouve en mes vers
Ta riante perspective
Et ta fraîcheur qui captive,
Rivière ombreuse aux flots verts.

Que ta grâce enchanteresse
Soupire dans mes accords,
Comme l'onde de tes bords,
Comme un souffle qui caresse!

Et puisse-t-on tour à tour
Dans ma strophe transparente
Entendre la brise errante
Et la chanson de l'amour!

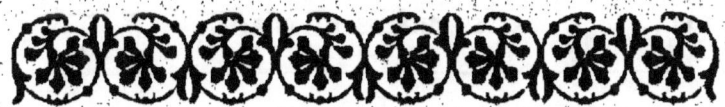

LES GRACES ET COROT

« Il faut sacrifier aux Grâces. »

(PLATON.)

COROT, jeune encor, sous l'ombrage
Sommeillait près d'un tel ruisseau,
A l'heure où l'aube au blanc réseau
Argentait l'onde et le feuillage.

Les Grâces, dans ce paysage
Ayant surpris le jouvenceau,
Dans leurs mains prirent son pinceau
Tombé par hasard dans l'herbage.

15

Puis, sans rien dire, les trois sœurs
Le trempèrent dans les lueurs
Du matin sur la renoncule.

De là vient qu'aux bois, aux sillons,
Il éveille fleurs, papillons,
Ou t'endort, pâle crépuscule.

ÉMOTION

J'AI vu des vallons verdoyants,
   Tout pleins d'arbres et souriants
      Sous les feuillages,
Dont l'herbe, comme un oreiller,
Vous invitait à sommeiller
      Sous les ombrages.

J'ai vu, complétant leur décor,
L'été darder ses flèches d'or
      Parmi leurs branches ;

Oublieuse d'Endymion,
Phœbé jeter un blanc rayon
        Sur leurs pervenches,

J'ai vu des lacs aux flots d'azur,
Transparents comme le ciel pur
        De la Provence,
Où glissaient des rameurs joyeux
Frappant de coups harmonieux
        L'onde en cadence.

Parmi les roseaux de Memphis
J'ai vu Moïse aux bras d'Iphis ;
        J'ai vu la Source
Dont Ingres revêt de pudeur
La nymphe blonde, au flot chanteur
        Qui suit sa course.

J'ai vu dans un cher atelier,
Où se trouve maint batelier,
        Une fontaine,
Verte d'aspect, Verte de nom,
Et sa paysanne en jupon
        Armoricaine.

Un jour, j'ai longtemps observé
(Je crois même en avoir rêvé),
  Reflet magique,
Dans un flot vermeil, à Conflans,
Un arbre-fée, aux bras tremblants,
  Très-poétique.

J'ai vu, Bretagne, un beau matin,
De ta fontaine Saint-Martin
  L'onde et les arbres,
Aux troncs pieux enchevêtrés,
Par les *ex-voto* consacrés
  Mieux que des marbres.

Devant ces purs et frais tableaux,
Poëmes qu'inondait à flots
  Un jour si tendre,
J'ai cru voir un vert paradis
Sous des rayons d'or attiédis
  Pour moi s'étendre.

Devant tant d'exquise beauté,
Le cœur de chaste volupté
  Plein comme un vase,

J'ai dit : « Pour toujours je voudrais
M'agenouiller, si je pouvais,
    Dans mon extase. »

J'ai songé, j'ai pleuré, j'ai ri.
J'ai senti mon cœur attendri
    Par tant de charmes.
Ainsi, Loiret, quand je te vois,
Le rire me vient, chaque fois,
    Avec les larmes.

LA FAUVETTE DES ROSEAUX

« Doux comme un nid dans les roseaux. »
(Louisa Siefert, *Rayons perdus*.)

Humble fauvette des roseaux,
O toi qui sur leurs tiges grêles,
Où se posent les demoiselles,
Fais ton nid au-dessus des eaux,

Je t'aime entre tous les oiseaux
Pour ta chanson et pour tes ailes,
Pour tes petits charmants et frêles,
Au vent balancés sur les flots.

Le plus léger souffle d'orage,
Hélas ! causerait leur naufrage
Et suffirait pour les briser.

Toutefois ton cœur est en fête.
Sur Dieu tu sais te reposer :
Touchante image du poëte.

LE VERT DU LOIRET

Théophile Gautier de la gamme du rose
   Connaissait tous les tons, même les plus divers.
Moins habile je sais, moi, la teinte des verts,
Brune olive, émeraude et mousse à l'ombre éclose.

J'ai vu le scarabée et les boutons de rose
En corset de printemps, ajoncs des lieux déserts,
Verdure des genêts, des prés, des bois, des mers,
Du glaïeul, à l'insecte offrant sa fleur mi-close.

16

Je sais le glauque aspect des regards de Thétis
Qu'Henri Regnault nous montre apportant à son fils
Ses armes, pour venger Patrocle et ses reliques.

Nulle de ces couleurs n'est celle de tes flots,
Loiret, dont les cheveux des plantes aquatiques
Font aimer le mystère et verdissent les eaux.

TRAMWAYS

Pour gagner l'oasis ombreuse
Où l'on respire en liberté,
Orléans, pour toi dans l'été
Plus de route longue et poudreuse.

Jusqu'à la rivière amoureuse
Qui d'Olivet fait la fierté,
Sans cahot peut de ta cité
Glisser la multitude heureuse.

Pour trois sous on prend son billet.
En voiture ! Un coup de sifflet,
Et l'on roule vers la campagne.

Fouette, cocher ! Les travailleurs,
Fuyant la ville, comme un bagne,
Vont chercher l'air libre et les fleurs.

LES ROSEAUX

A H. GIACOMELLI

ENFANTS, aimez les verts roseaux !
Pour les rapporter à la ville,
De leurs tiges aux longs fuseaux
Emplissez votre main débile.

Ils vous parleront des oiseaux
Que berçait leur cime fragile,
Du vent qui bruit sur les eaux,
Comme dans un vers de Virgile.

Petits, faites-en des jouets,
Des couronnes et des hochets
Pour votre enfance heureuse et blonde.

Qu'on en pare votre berceau :
Le sceptre le plus beau du monde
— Pour Dieu même — fut un roseau.

CE QUE DIT LA BRISE

« *Venientis sibilus austri.* »
(VIRGILE.)

« Les zéphyrs, du Loiret le murmure imitant. »
(Simon ROUZEAU, *Hercule guépin.*)

JE suis la brise des rivages,
      Je suis le vent,
Qui ride au fond des paysages
      Le flot mouvant.

Ce qu'en mes accords je murmure,
      Nul ne le sait,

Que celui qui sous la ramure
　　Souvent se plaît.

Mon chant est fait du bruit des rames,
　　Du doux écho
Des cors lointains, des voix de femmes
　　Chantant sur l'eau;

Des refrains de votre voix grêle,
　　Oiseaux frileux;
Du frémissement de votre aile,
　　Insectes bleus;

Des soupirs que la fleur exhale,
　　La fleur des eaux;
Sur l'humide azur qui s'étale
　　Près des roseaux;

De ce quelque chose qui chante
　　Ou par les airs
Se plaint dans la flûte touchante
　　Des roseaux verts;

Des aveux, des tendres paroles
    Que les heureux
Tout bas échangent sous les saules
    Penchés sur eux ;

De ce que dit l'onde aux poètes
    Et sa pâleur,
Amour, confidences muettes,
    Joie ou douleur.

Je berce et j'endors la souffrance
    Du souvenir ;
Avec moi chantent l'espérance
    Et l'avenir.

J'ai, pour charmer les cœurs malades,
    De frais bémols,
Doux et purs, comme les roulades
    Des rossignols.

Dieu, qui m'a donné pour empire
    Ruisseaux et fleurs,

17

Fait jusqu'en mes éclats de rire
      Trembler des pleurs :

Par moi celui dont l'âme est veuve,
      Le front voilé,
Sourit, et n'est plus dans l'épreuve
      Inconsolé.

PÈCHE AU FILET

Faisons halte au frais, s'il vous plaît,
Sur l'herbe, au bord de la rivière,
Au pied de l'arbre où l'oiselet
Niche sous les guis et le lierre.

Chacun dans un vieux batelet,
L'un à l'avant, l'autre à l'arrière,
Deux pêcheurs jettent leur filet
Dans l'eau, près d'une lavandière.

Les liéges sur l'azur profond,
Rouillés et gris, flottent en rond.
Le couple aborde à notre rive.

L'engin fait courber les grands joncs;
Et près de la moule captive
Frétillent perches et goujons.

L'EAU QUI RIT

Souvenir du tableau d'HANOTEAU, Salon de 1876

A MADAME HERLUISON

> « J'y vais voir, quand midi flamboie,
> Les petits oiseaux, pleins de joie,
> Se livrer au plaisir du bain. »
>
> (François COPPÉE, *Les Mois.*)

Du ruisseau jaseur l'onde blanche
Serpente à l'écart sous les fleurs,
Aux fraîches et vives couleurs,
Du buisson dont le rameau penche.

Le ciel est d'un bleu de pervenche,
Et fuyant l'excès des chaleurs,
Dans le mystère oiseaux siffleurs
Charmants se baignent sous la branche,

Bergeronnettes et pinsons,
Fauvette au cœur plein de chansons,
Chardonnerets, doux virtuoses,

Gais bouvreuils qui font jaillir l'eau :
Le flot rit à leur gorge rose,
— Et moi je rêve d'Hanoteau.

IDYLLE

« Que le vent qui gémit, le roseau qui soupire,
  Tout dise : Ils ont aimé ! »

(LAMARTINE, *Le Lac.*)

Au bord de l'eau la jeune fille
Près de son tendre fiancé
Est assise et brode à l'aiguille ;
Lui peint le doux site esquissé.

Dans sa fleur sourit leur jeunesse.
Ils sont tous deux beaux et vaillants,
— Elle, piquante en sa tendresse,
— Lui, front d'artiste aux yeux brillants.

Il est blond autant qu'elle est brune.
Leur cœur sans tache est sans détour,
Et sans souci de la fortune
L'un et l'autre ils s'aiment d'amour.

Ils se parlent sans se rien dire :
Tout un dialogue charmant
Se trahit dans leur fin sourire
Et dans leurs regards seulement.

Les tendres parents en silence,
En observant, tableau joyeux,
Tant de bonheur et d'innocence,
Sentent des pleurs mouiller leurs yeux.

L'aspect de ce couple qui s'aime
Éveille en eux le souvenir.
Pour eux leur jeunesse elle-même
Revit dans ce doux avenir.

Ils ont revu par la pensée
Le jour du serment immortel,
Toute leur idylle passée,
L'anneau, le vieux prêtre et l'autel.

« Que votre union soit bénie,
Pensent-ils, enfants généreux,
Qui recommencez notre vie !
Autant que nous soyez heureux ! »

Et dans la nature attendrie
Tout s'unit à ce vœu d'amour,
Saules et fleurs de la prairie,
Qui frémissent d'aise à l'entour.

Oui, pour fêter le jeune couple,
Tout rit et chante sa chanson,
Les roseaux à la tige souple,
L'onde, la rose et le buisson.

Et sous le regard qui l'enflamme,
L'artiste se sent inspiré.
Sur la toile il jette son âme,
Où luit l'amour, ce feu sacré :

Et sur le ciel clair en silence,
Tandis qu'au bas vogue un nocher,
Du vert coteau feuillu s'élance
La silhouette du clocher.

Et l'œil dans une brume bleue,
Qui tremble et flotte à l'horizon,
Voit à près d'une demi-lieue
Surgir le moulin Saint-Samson.

SIESTE

Midi ! l'onde luit ; c'est charmant :
A voir couler son or fluide,
On croirait sous le firmament
Un fleuve de lave sans ride.

Le magique scintillement
De cette fournaise limpide
Cause à l'œil l'éblouissement
D'un lac de feu pur et splendide,

Le soleil darde à plomb sur l'eau.
La pointe de chaque roseau
Jette un éclair au tronc qu'il dore.

C'est le moment d'aller au frais
Dormir sur le gazon épais,
A l'ombre du grand sycomore.

FÊTE DE NUIT SUR LE LOIRET

Nuit d'été brillante à souhait,
  Sœur des régates parisiennes,
Et, Versailles, digne des tiennes,
Voici la fête d'Olivet.

Les lanternes vénitiennes
Aux vergues de maint batelet,
En dansant comme un feu follet,
Se balancent aériennes.

Comme aux lagunes du Lido,
Mille reflets tremblent dans l'eau,
Bercés au roulis des yoles;

Et des accents mélodieux,
Semblables à ceux des gondoles,
En vibrant montent vers les cieux.

JEUNE FILLE ET LIBELLULE

EMMA, la blonde jouvencelle,
Le front penché sur le ruisseau,
Laisse dériver sa nacelle
Entre la branche et le roseau.

Que regarde-t-elle pensive,
Seule à l'avant du batelet ?
Est-ce la splendeur fugitive
D'un rayon d'or ou d'un reflet,

Ou la blanche coupe entr'ouverte
Du pâle et discret nénufar,
Avec sa large feuille verte
Frais comme la beauté sans fard ?

Non : c'est la svelte libellule,
Son aile au tissu transparent,
Qui vibre et sous la brise ondule
Sur le flot clair et murmurant.

Avec l'insecte que balance
La tiède haleine du zéphyr
Vers l'avenir son cœur s'élance,
Dans un chaud rayon de sapl.

A voir l'insecte au bleu corsage
Frôler l'azur du flot berceur,
Et sous sa tresse le visage
De la jeune fille, sa sœur,

Le cœur cherche dans son extase
Qui le tient mieux émerveillé,
Libellule aux ailes de gaze,
Ou songeuse au doux rêve ailé.

DANS LES PRÉS

A MON CHER MAÎTRE M, EUGÈNE TALBOT

> « Car la grande nature est bonne aux tout petits. »
> (François COPPÉE, *Angelus*.)

Entre vingt sujets de peinture,
Si dans ce gracieux vallon
Je travaillais pour le Salon,
J'en peindrais un d'après nature :

C'est, truble en main, sous la verdure,
Las de poursuivre un papillon,
Un espiègle ; un chaud vermillon
Allume sa rose figure.

19

Les fleurs luisent sous le ciel bleu.
Du bambin la joue est en feu
Et haletante sa poitrine.

L'œil vif et noir pétille ardent,
Et de cette tête divine
Les boucles d'or flottent au vent.

GOUTER SUR L'HERBE

Oh! les goûters sur le gazon,
 A l'ombre, quand le soleil brille,
Pour les enfants, près du buisson!
En vrai linot chacun babille.

La nourrice à son nourrisson
Donne le sein sous la charmille.
Les cœurs vibrent à l'unisson,
Bambins et mère de famille :

Qui n'aurait faim? Crème et pain blanc,
Fraises. L'on mange, en surveillant
Du coin de l'œil fleurs et nacelles ;

Tout sourit, l'insecte et l'oiseau.
Et l'on voit au loin des ombrelles
Furtivement glisser sur l'eau.

LES PAPILLONS

VIVANTS joyaux, fleurs ailées,
        Constellées,
Nous sommes les papillons,
Qui le long des vertes rives,
        Des eaux vives
Volent des prés aux sillons.

Turquoise, opale, topaze
        Sur la gaze

De nos transparents habits
Font luire leur étincelle
    Près de celle
Des grenats et des rubis.

Nous vivons dans la lumière
    Printanière,
Dans la splendeur et l'azur,
Comme les anges fidèles
    Dont les ailes
Ne traînent sur rien d'impur.

Nous n'avons dans la nature
    Pour pâture
Que sucs, parfum embaumé;
Nous n'aspirons par la plaine
    Que l'haleine
Des tièdes brises de Mai.

Nous ne buvons que rosée
    Irisée

Aux bords aimés du zéphyr,
Et dans des coupes nacrées,
    Azurées,
Ou des conques de saphir.

Nous lutinons sous la branche
    La pervenche,
La rose-thé, chaste fleur,
Et d'une pudeur exquise
    De promise
Faisons rougir sa pâleur.

Sur un char fait de vos ailes,
    Coccinelles,
C'est nous qui faisons voler
Les Péris livrant leurs tresses
    Charmeresses
Au vent que Dieu fait souffler.

C'est nous qui sommes la grâce
    De l'espace,

La parure du printemps,
Comme les fleurs dont s'égaie
La futaie,
Comme les oiseaux chantants.

Pilotes en équilibre
Dans l'air libre,
Nous naviguons dans le bleu,
Gais rameurs du ciel en flammes,
Dont les rames
Sont des avirons de feu.

Oh ! quelle âme de poète,
Inquiète,
Fuyant la réalité,
N'a rêvé d'avoir ton aile,
Hirondelle,
Pour nous suivre en liberté ?

AUX ENFANTS

> « Mais las ! le papillon se lève,
> Et l'enfant chagrin s'aperçoit
> Qu'il ne lui reste de son rève
> Que de la poussière à son doigt. »
>
> (Albert DELPIT, *Les dieux qu'on brise.*)

TÊTES fragiles et chéries,
Enfants, anges aux cheveux blonds,
Qui poursuivez par les prairies
Ces fugitifs, les papillons ;

Souvent ces fils de la lumière,
En s'échappant de votre main,
N'y laissent qu'un peu de poussière,
Azur, poudre d'or ou carmin :

20

Ah ! n'allez pas, ouvrant vos ailes,
Comme ces favoris des fleurs,
Au ciel, loin des choses réelles
Fuir, laissant vos mères en pleurs !

LE VIEUX MOULIN

L E vieux moulin, au toit jauni d'antique mousse,
  Projette son barrage en travers du ruisseau.
Par les fentes du bois suinte maint filet d'eau,
Qui fuit sous la ramure et suit sa pente douce.

La roue, entre les fleurs d'iris qu'elle éclabousse
Et l'humide paroi fait bouillonner son flot.
Les meules de rechange, en face, dans l'îlot,
Dorment sous le hangar couvert de paille rousse.

Au bruit que fait la vanne, au son du gai tic tac,
La femme au logis coud, — l'homme remplit le sac;
La farine lui couvre et cheveux et figure.

Leur fille, comme l'onde, est fraîche, et le fermier,
Qui vient avec son gars chercher là sa mouture,
Dit : « J'aimerais pour bru, moi, l'enfant du meunier. »

LA SOURCE DU LOIRET

A la mémoire de M. Charles Pensée.

Sans parler des sources célèbres
Dont les savants perdent le fil,
Et qui s'entourent de ténèbres,
Comme fait le berceau du Nil,

Ni de celle dont sous la terre,
Dans l'antre noir de Corycus,
L'antiquité vit le mystère
Qui l'intriguait, comme un rébus,

Il est dans les fastes du monde
Plus d'une source aux bords ombreux,
Qui par la fraîcheur de son onde
A rendu maint poète heureux :

— C'est Aréthuse, la fontaine
Où dans sa coupe au bord divin
Puisait, pour inspirer sa veine,
Le poëte syracusain.

— C'est la source de Bandusie
Au flot plus pur que le cristal,
Illustré par la poésie
D'Horace au parfum idéal ;

De ce tendre ami de Virgile,
Qui, cachant aux fâcheux ses pas,
Près d'elle cherchait un asile
Contre Rome et ses embarras.

— C'est la fontaine Bellerie,
Où Ronsard sous les saules verts
Venait pour Cassandre, sa mie,
Moduler ses plus jolis vers.

— C'est la fontaine de Vaucluse
Et sa grotte ombreuse, où venait
Pétrarque pour Laure, sa muse,
Ciseler un chaste sonnet,

Dont la verve limpide et pure
Coule blanche et fraîche à la fois,
Comme le flot dont le murmure
Se mêlait au bruit de sa voix.

— C'est la source de Polycrène,
Qu'aimait l'ami de Lamoignon,
Autant qu'il ressentait de haine
Pour les bords fades du Lignon.

Mais des sources la plus fameuse
— S'il ne tenait qu'à moi — serait
La tienne qui sort écumeuse
Du sein de la terre, ô Loiret.

Que n'ai-je la lyre d'Horace !
Le mystère de ton flot pur
Dans mes strophes aurait la grâce
De l'Anio même, à Tibur.

Dans ton gouffre jetant la sonde
Je regarderais sans terreur,
Pour en raconter à la ronde
Ou les merveilles, ou l'horreur.

A l'heure où la lune se lève,
Sur ton onde au reflet changeant
Je ferais flotter, comme un rêve,
Son rayon d'or pâle et d'argent.

Je peindrais sur ta rive obscure
De gais compagnons rassemblés
Devant matelotte ou friture,
Pour dîner au frais attablés ;

Dans le jour, le chapeau de paille,
Le parasol et le pliant
Du vieux peintre aîné qui travaille
A fixer ton aspect fuyant ;

Et par sa patience, digne
De rapporter mieux qu'un vairon,
Le petit pêcheur à la ligne,
Droit sur ses pieds, comme un héron.

Dans ta vitreuse transparence
Villas, terrasses et châlets,
Par moi renversés en silence,
Deviendraient d'humides palais,

Où, comme dans une féerie,
Plongeraient indéfiniment
Le regard et la rêverie
Séduits par ce monde charmant.

On verrait Mab et Mélusine
Ensemble voguer en radeau,
Ton onde alimenter l'usine
Ou sourire à l'Eldorado.

Ailleurs, léger comme une plume,
Le canot du brun batelier
Frangerait d'un ruban d'écume
Ton flot vert, près du peuplier.

Plus loin, comme dans la peinture
D'un maître naïf et savant,
Y tremblerait la chevelure
Du bouleau qui s'effeuille au vent.

Enfin, dans un recoin tranquille,
Par l'aile de Zéphyr hanté,
Bras de rivière, frais asile,
Discret, sinueux, écarté,

Parmi les herbes de la rive,
Sous les aunes je montrerais
Ta Nymphe pudique et pensive,
Pour méditer assise au frais.

Dans sa prunelle glauque et pure
Luirait un regard idéal ;
Sa tête blonde pour parure
Aurait un bandeau virginal,

Où l'on verrait, au crépuscule,
Briller sans recherche et sans art,
Sous l'aile de la libellule,
Roseau vert et blanc nénufar.

Et sur sa couche de verveine
Quand elle vient à sommeiller,
Chacun retiendrait son haleine,
De peur de la voir s'éveiller.

CRUE DU LOIRET

QUAND le grand fleuve entre en colère,
   La petite rivière ici
A des velléités aussi
Parfois de troubler son eau claire.

Elle fait de réels efforts
Pour simuler la violence,
Pour sortir de sa nonchalance
Et battre, en écumant, ses bords :

Elle monte aux marches de pierre
Des châlets et des escaliers
Qui dans l'onde trempent leurs pieds,
Et tout bas dit à sa manière :

« Si la Loire, d'où je proviens,
A ses accès d'humeur sauvage,
Moi, sa fille, en son voisinage,
Pourquoi n'aurais-je pas les miens? »

Sur des coins de verte prairie
Elle déborde, et de son eau
Submerge souches et roseau,
Buisson qui penche, herbe fleurie.

Mais son courroux est innocent;
Il ne met en danger personne.
A travers les branches de l'aune
Elle sourit en menaçant.

Sans conséquence est sa folie :
On dirait le courroux charmant
De femme jeune, au cœur aimant,
Qu'un peu d'humeur rend plus jolie;

Et qui, coquette par amour,
De nous innocemment se joue,
Feint de bouder et fait la moue,
Pour que nous lui fassions la cour.

LES RAMIERS

A M. H. HERLUISON

> « Ils sont les oiseaux de l'amour. »
> (Paul de Saint-Victor.)

OISEAUX roucouleurs et fidèles,
    Ramiers qui glissez dans l'air bleu,
Sans même remuer vos ailes,
Oiseaux de l'amour et de Dieu,

Qu'un ange à la blanche envergure
Daigne abriter, près de ces flots,
Vos nids blottis sous la ramure
Et vos petits à peine éclos !

De moi je sens une parcelle
Avec vous prendre son essor,
Lorsque la moire de votre aile
Vous berce dans l'azur et l'or.

Ah ! que jamais, tendres palombes,
De ses griffes aux crocs d'acier
A vos nids de faibles colombes
Ne vous arrache l'épervier !

Les pigeons qui, malgré la neige
Et la balle des conquérants,
Portaient nos vœux pendant le Siège,
O ramiers, étaient vos parents.

Consolateurs de la souffrance,
Ce sont eux, célestes courriers,
Qui portaient l'espoir de la France
Et le message de Coulmiers ;

Et de même c'était à l'arche,
Après le déluge, un ramier
Qui rapportait au patriarche
Le rameau béni d'olivier.

Oiseaux de paix et non de guerre,
Qui n'avez, comme le vautour,
Ni bec pour égorger, ni serre,
Que du ciel vous garde l'amour !

Et quel que soit, humble chaumière
Ou grand château, le lieu béni,
Où, pour s'aimer, dans la lumière
Un couple humain a fait son nid,

Comme vous, puisse la souffrance
Ne pas venir le visiter,
Mais l'allégresse et l'espérance
Sous son toit toujours habiter !

SOUVENIR DE L'EXPOSITION

DE 1878

SEPT LAVIS-GOUACHES D'HECTOR GIACOMELLI

I

PRIMAVERA

LES fauvettes de l'an passé
Ont aimé sous le vert feuillage.
Puis est venu l'hiver glacé :
Adieu la gaîté du bocage.

Enfin voici Mai revenu,
A votre tour, jeunes fauvettes,
Livrez à l'amour ingénu
Vos cœurs chantants d'oiseaux poètes.

22

Pour votre nid dans le rosier
Allez chercher la plume blanche
Que laisse tomber au hallier
La tourterelle sur sa branche.

Assez tôt les mornes saisons
Vous apporteront la froidure.
Aimez, nichez dans les buissons,
Sous les fleurs et sous la verdure.

II

PEU ET BEAUCOUP

« Non multa, sed multum. »

Pour entr'ouvrir sa corolle rosée,
    Où pour l'abeille est recélé le miel,
Au liseron que faut-il ? La rosée
        Du ciel.

Au papillon dans la nature entière
Pour que son cœur soit joyeux, que faut-il ?
Rien qu'une rose et la blonde lumière
        D'avril.

L'arbuste en fleurs suffit à la fauvette
Pour s'abriter et chanter tout le jour.
Pour être heureux, que faut-il au poète ?
        L'amour.

III

DANS UN ROSIER

Dans un rosier, couple fidèle,
Les deux fauvettes ont niché.
Sur ses œufs couve la femelle.
Le mâle auprès chante perché :

« Déjà, dit-il, compagne chère,
J'aimais ta grâce et ta beauté.
En outre j'aime, ô jeune mère,
Maintenant ta fécondité,

Ce qui consacre et sanctifie
L'amour chez l'homme et chez l'oiseau,
Ce qui donne un but à la vie,
Les chers petits dans leur berceau. »

IV

CONFIDENCE

« *Partem aliquam, venti, Dicum referatis ad aures!* »
(VIRGILE.)

Sur une branche gracieuse
    D'arbuste épineux, deux oiseaux
Dans leur langue mélodieuse
Au vent livrent ces doux propos :

« — Si toute poésie est faite
D'amour sincère et partagé,
Nos jours sont une longue fête :
Je rends grâces au sort que j'ai.

Car si, ma mignonne chérie,
Le pur contentement du cœur
Est dans l'union assortie,
Nous possédons le vrai bonheur :

Humble et grande est notre existence,
Humble à ne voir que les dehors,
Grande, au contraire, si l'on pense
A ce que sont les vrais trésors.

— Oui, répond-elle à sa manière,
Tout en becquetant une fleur :
Car Dieu, l'amour et la lumière,
Il n'est rien, non, rien de meilleur. »

Ainsi jasent les virtuoses,
Et d'aise à ce duo charmant
Sur leurs tiges les fleurs mi-closes
Tressaillent amoureusement.

V

MÉLANCOLIE

LA saison d'aimer est passée,
 Et l'un près de l'autre blottis,
Les deux oiseaux par la pensée
Revoient leurs chers enfants partis.

Le cœur plein de mélancolie,
La mère est rêveuse et se tait :
Adieu l'heureux temps de sa vie
Où le nid tout peuplé chantait !

Les chers ingrats dans la campagne
Loin des parents ont pris l'essor.
Mais pour égayer sa compagne
Le vieux père, lui, chante encor ;

Et comme aux branches de la haie
Qui les berce sur l'églantier
Rit la fleur auprès de la baie
Et la mûre sur le hallier,

Dans sa chanson toujours naïve,
Au souvenir de leur printemps
Se mêle la note plaintive
Des chagrins qu'apporte le temps.

VI

LE MERLE

Beau merle aux ailes gentilles,
    Qui sautilles
Dans l'herbe et parmi les fleurs,
Et fais jaillir la rosée
    Déposée
Sur elles par l'aube en pleurs ;

Toi qui foules d'un pied leste,
    Vif et preste
Le frais tapis du matin,
Tout émaillé de petites
    Marguerites
Aux blancs reflets de satin ;

23

N'es-tu pas né sous les ailes
Immortelles
De ce merle familier,
Qui nichait dans le mystère
Sous le lierre
De Théophile Gautier,

Et voyant, un soir du siége
Sacrilége,
Deux exilés revenir,
Salua le couple artiste
D'un chant triste
Où pleurait le souvenir ?

Oui, Neuilly sous l'œil du maitre
T'a vu naitre,
Oiseau charmant et béni.
Mais, depuis ses funérailles,
A Versailles,
Chez d'autres tu fais ton nid.

VII

FLEURS D'AUTOMNE

Les champs sont déserts, les nids vides :
  Sur les débris d'un pot de fleurs
Les moineaux, les ailes humides,
Causent entre eux des jours meilleurs.

Hélas ! qu'ils ont passé rapides,
Mai, Septembre aux tièdes chaleurs !
Après leurs beaux soleils limpides
Déjà l'automne et ses pâleurs,

Au vent d'octobre frissonnante
La dernière rose expirante
S'effeuille sur les passereaux.

Les sentiers sont brodés de givre,
Le cœur est comme les oiseaux ;
Triste, en arrière il voudrait vivre.

A ANDRÉ THEURIET

Sonnet inspiré par le portrait d'André Theuriet et le tableau
Les Foins, de Bastien-Lepage (Salon de 1878).

Oui, c'est bien là le simple, ardent et vrai poëte,
Tel qu'après avoir lu ses vers, vivant miroir
De l'esprit et du cœur, où l'homme se reflète,
Dans la réalité l'on s'attend à le voir :

Brun, nerveux, l'œil perçant, front large et fière tête,
C'est l'auteur dont la muse unit au *Bleu* le *Noir*,
Et sur l'Argonne au loin dresse la silhouette
Des paysans grandis par leur beau désespoir.

Il est charmant de voir Peinture et Poésie,
Ces deux sœurs, conspirer pour une œuvre choisie,
Où sont Bastien-Lepage et Theuriet de moitié,

Et belles toutes deux comme une double étoile,
Allumer leurs pinceaux au feu de l'amitié,
Pour faire resplendir et les vers et la toile.

LA MUSIQUE

(Salon de 1878)

A LOUIS LELOIR

Comme un doux rêve de poëte
  Qui plane au matin sur les fleurs,
Bercé par des chants de fauvette
Parmi les liserons en pleurs,

De guirlandes roses coiffées,
Sœurs par la grâce et le brio,
Au vent se balancent les fées
Qui font un céleste trio :

Et comme les fleurs à leur tresse
S'enlacent amoureusement,
Autour du chant avec tendresse
S'enroule l'accompagnement.

La basse et la petite flûte,
Baryton et gai soprano,
Dans leur harmonieuse lutte
Marient leur note au contralto.

Des brunes Péris à la blonde
Le chant monte, puis redescend,
Alerte et vif comme une ronde,
Ou pur comme un roucoulement :

Et pour compléter l'harmonie,
Aux accords des sons les trois sœurs
Sur leurs voiles montrent unie
La gamme heureuse des couleurs,

Blancheur des lis, rouge des roses
Et bleu d'azur, couleur du ciel.
Attentif aux trois virtuoses
Le cœur a fui loin du réel.

LA FILLE DU PÈCHEUR

« Presque toujours la plus jolie et la mieux mise,
Celle qui plaît et montre une grâce permise,
Est sans dot... »

(François Coppée, *Les Humbles*.)

ELLE est charmante, et son œil brille
    Dans sa fraîcheur,
Lise, la rose et blanche fille
    Du brun pêcheur.

Avril fleurit sur son visage,
    Avril joyeux.
La gaîté sourit au passage
    Dans ses grands yeux.

Sa bouche petite et mutine
    Est de corail.
Ses dents ont votre blancheur fine,
    Perles, émail.

Et cette bouche enchanteresse,
    Au pur contour,
Promet dans sa chaste tendresse
    La fleur d'amour.

Son ample et brune chevelure
    Prend, au soleil,
Des tons fauves de moisson mûre
    Et d'or vermeil.

Sa taille flexible et bien prise
    Semble un roseau
Que ferait onduler la brise
    Sous un oiseau.

Si gracieuse est la voix d'ange
    De son gosier,
Qu'on croit entendre une mésange
    Dans un rosier.

Croyant à la fleur sous le saule
    Prendre un baiser,
L'insecte sur sa blanche épaule
    Vient se poser.

Le regard vole à sa prunelle,
　　D'un brun si doux,
Que l'étoile en voit l'étincelle
　　D'un œil jaloux.

Sous ses pas naissent les fleurettes
　　Qui font décor,
Marguerites et paquerettes,
　　Et boutons d'or.

Son cœur naïf est sans embûche
　　Et transparent,
Comme l'onde où plonge sa cruche,
　　L'onde d'argent :

La main sur le grès qui ruisselle,
　　Il faut la voir,
Debout auprès de la margelle
　　Ou du lavoir :

Le cœur songe à ces belles Juives,
　　Comme Rachel,
Qui puisaient près des fleurs d'olives
　　L'eau sous le ciel.

Surtout c'est quand à son église
  Elle a prié,
Qu'on est, en voyant passer Lise,
  Émerveillé.

On sent qu'à la rustique fille
  A souri Dieu,
Et dans son frais regard scintille
  Un rêve bleu.

Plus d'un la souhaite pour femme.
  Jean le pêcheur,
Qui n'a qu'un filet et sa rame,
  A tout son cœur.

 Pour ces enfants au grand courage
  Puisse l'amour
Faire un avenir sans nuage,
  Comme un beau jour!

LA CHANSON

DE JEAN LE PÊCHEUR

« J'ai mon courage en dot, comme elle a sa beauté. »
(Ludovic DE VAUZELLES, *Meulon*, idylles.)

Enfant du Loiret, fidèle
    Au pays,
Je suis pêcheur et m'appelle
    Jean-Louis.

Je n'ai rien qu'un toit de chaume
    Vieux et bas,
Qu'en mai clématite embaume
    Et lilas.

Mon épervier que je jette
    Près des ponts,
Ce que j'y prends, tanche, ablette
    Ou gardons ;

Et quand ne rapporte guère
    Le métier,
Ce que je gagne à me faire
    Batelier.

Mais à moi le clair domaine
    De ces flots,
Où du biez je me promène
    Aux îlots ;

Leurs courbes harmonieuses,
    Leurs splendeurs,
Leurs nappes ou leurs vitreuses
    Profondeurs ;

Leurs sentiers, où fuit le merle
    Sous les fleurs ;
Leurs blancs cailloux, où déferle
    L'onde en pleurs.

A moi l'insecte au corps grêle
            Et fluet,
Qui dessine en l'air son frêle
            Corselet ;

La demoiselle qui coupe
            L'air léger,
Et verte vient sur ma poupe
            Voltiger ;

Et les jeux de l'araignée,
            Et ses ronds ;
Et votre danse effrénée,
            Moucherons ;

L'aube et sur les eaux désertes
            Sa clarté ;
Le soir sur les algues vertes
            Argenté ;

Le frais baiser de la brise
            Sur mon front,
Comme un baiser de promise,
            Tendre et long.

Mais avant tout pour fortune
        A mon cœur
Une villageoise brune,
        Œil vainqueur,

Où me sourit la jeunesse
        Et l'amour,
Fait d'ardeur et de tendresse
        Sans détour.

Je suis bien pauvre, mais, Lise,
        J'ai ta foi,
Et suis heureux, quoi qu'on dise,
        Plus qu'un roi!

SOUS UN CHÈNE

A ANATOLE FRANCE

Un jour qu'errant à l'aventure
    Près des roseaux,
J'admirais la grande nature
    Et les oiseaux,

J'ai vu (l'on me croira sans peine),
    Tableau joli,
Assis à l'ombre d'un vieux chêne,
    Giacomelli.

Une Péri de fleurs coiffée,
    Au long péplum,
Du maître dans sa main de fée
    Tenait l'album :

Et sur la page vierge et blanche
    Comme satin,
Elle dessinait une branche
    D'un crayon fin.

On voyait les oiseaux sans crainte
    Y voleter,
Les chers étourdis sans contrainte
    S'y becqueter.

L'insecte y cherchait la fleurette :
    Tout à l'entour
S'exhalait la senteur discrète
    Du pur amour.

Mai 1878.

BONHEUR SANS FASTE

A MON AMI ALEXANDRE GAZEAU

Vers inspirés par le dessin de M. Giacomelli, intitulé : Le Printemps, et reproduit par le Monde illustré du 4 mai 1878.

> « Pour vingt amours n'ont qu'un arbuste en fleurs. »
> (Alfred de Musset.)

Dans la saison verte, où la rose
Sourit parmi les arbrisseaux,
Pour être heureux, de peu de chose
Ont besoin les petits oiseaux :

Un simple rameau d'églantine,
Un peu de paille pour leur nid,
De quoi s'aimer sous l'aubépine,
Pour eux ce rien est l'infini.

Sur cette couche humble et discrète
Éclora plus d'un oiselet,
Dont la rose petite tête
Se couvrira de blond duvet.

De Dieu la tendre Providence
Veillera sur ce nid d'oiseau,
Aux chers petits en abondance
Prodiguant mil et vermisseau :

Et quand le temps des fleurs nouvelles
Aura fui, les jeunes pinsons
De gazouillis et de bruits d'ailes
Empliront encor les buissons.

Nature, que faut-il à l'homme
De plus pour embellir ses jours ?
Mieux qu'un palais, un toit de chaume
Souvent abrite ses amours.

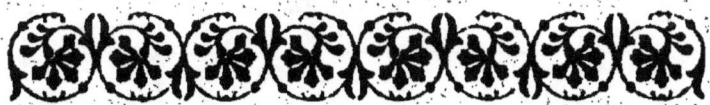

VILLÉGIATURE

A ALBERT DELAFON

« Grata quies, dum parta labore. »

QUAND, huit heures par jour, en père de famille
    A la ville on a travaillé,
Et qu'afin de doter ou son fils ou sa fille
    Sur sa maison l'on a veillé ;

Qu'on s'est privé des biens les plus chéris de l'homme,
    L'air, le soleil, la liberté,
On aime à s'envoler vers toi, gai Loiret, comme
    L'oiseau captif vers la clarté.

On est heureux d'aller au sein d'un calme empire
      S'épanouir et respirer,
Et du soleil d'été voir le dernier sourire
      Empourprer l'arbre et le dorer ;

De retremper son être au sein de la nature,
      D'emplir son cœur et ses poumons
Du zéphyr dont l'haleine agite la ramure
      Et caresse les liserons.

Sur le rustique seuil de cet Éden tranquille
      Il est doux de voir, chaque jour,
Les siens, embellissant encor ce cher asile,
      Du père attendre le retour ;

D'avoir là basse-cour avec poules, génisses,
      Œufs frais, jattes de lait mousseux,
Volière avec oiseaux divers, pour les délices
      Et des oreilles et des yeux,

Caille qui se blottit, comme sous la javelle,
      Quand elle voyait le chasseur,
Perdreaux gris qu'on élève et rouge bartavelle,
      Prise au nid, dans les houx en fleur,

Et picorant encor, comme dans la Sologne,
    Les graines et le sarrazin,
Que le Solognot pauvre et rude à la besogne
    Appelle en patois : carabin.

C'est un plaisir de voir dans ses buissons de roses
    Le rossignol pondre et couver,
Et, lorsque le soleil brûle les lauriers-roses,
    Merles à l'ombre s'abreuver ;

Ou s'élancer furtif de son aile fuyarde,
    Aussi vite qu'un trait de feu,
En fouettant l'air surpris de sa note criarde,
    Le martin-pêcheur vert et bleu.

Il est doux d'admirer le travail de l'abeille
    Qui craint les frelons paresseux,
Et de voir lentement sur le cep ou la treille
    Mûrir les raisins savoureux.

Heureux, lorsque l'on peut de ce séjour champêtre,
    Frais refuge contre l'été,
Voir au travers du cèdre et des branches du hêtre
    Les hautes tours de la cité !

Ah! combien est meilleur, après un jour de peine,
    Ce bonheur fait de dignité,
Que l'orgueilleux destin de ceux dont l'âme est vaine
    De leur loisir non mérité!

Septembre 1876.

A M. H. CHOUPPE

Si Dieu m'avait donné de choisir ma demeure
    Conforme à mon plaisir,
Et d'habiter un toit où je pusse à toute heure
    Contenter mon désir,

Maître, j'aurais bâti ma blanche maisonnette
    Au penchant des coteaux,
Sous ce ciel tendre et bleu, rêvé par le poète,
    Qui rit dans vos tableaux.

J'en aurais fait un nid, au milieu des feuillages
    Nuancés d'or vermeil,
Comme vous en placez dans vos frais paysages
    Pleins d'ombre et de soleil.

26

Autour de mon enclos, dans une paix profonde,
    On eût pu contempler
Un de ces gais ruisseaux dont vous nous peignez l'onde,
    Si douce à voir couler.

Tour à tour vif ou lent, de son écume blanche
    Caressant le roseau,
Il aurait reflété le saule qui se penche
    Sur le bord de son eau.

Le bleu martin-pêcheur aurait du bout de l'aile
    Effleuré le flot clair,
Tandis que sur l'ormeau l'aimable tourterelle
    Eût roucoulé dans l'air.

L'étoile se peignant dans son cristal limpide,
    Comme dans un miroir,
Dans son sein qui vacille, ainsi qu'un or liquide,
    Aurait tremblé, le soir.

J'aurais, pour compléter ce doux site sauvage
    Aux traits harmonieux,
Voulu voir à l'écart paître dans un herbage
    Des brebis et des œufs,

Comme vous en peignez dans vos vertes prairies,
    Près des ajoncs en fleur,
Ou comme encor parmi les bruyères fleuries
    En peint Rosa Bonheur.

Puis j'aurais voulu voir se jouer dans les herbes,
    Parmi les moutons roux,
Mes enfants occupés à voir lier les gerbes :
    Car ce spectacle est doux.

Je ne goûterai point cette existence faite
    De rustiques bonheurs,
Humble vie en plein air, où tout met l'âme en fête,
    Les flots, les bois, les fleurs.

Je suis à tout jamais, telle est ma destinée,
    Habitant des cités,
Où sous un souffle impur la fleur trop tôt fanée
    Se meurt, tous les étés.

Dans vos tableaux du moins mon cœur se dédommage :
    Loin des pavés poudreux,
Guidé par votre Muse, il s'enfuit au bocage,
    Sous les rameaux ombreux ;

Il s'envole aux ravins, aux vallons, aux montagnes,
    Comme au fleuve changeant,
Tantôt glauque, tantôt déroulant aux campagnes
    Ses longs anneaux d'argent.

Il entend le babil des humbles lavandières
    Que vous penchez sur l'eau;
Il aime leurs enfants, au seuil de leurs chaumières,
    Jouant près du bateau.

Il entend les soupirs du zéphyr qui se joue
    Sous vos riants bosquets;
Il entend le tic tac et le bruit de la roue
    De vos moulins coquets.

De vos pâtres naïfs il achève l'idylle,
    Et dans leurs douces voix
Croit entendre un écho des chansons de Virgile
    Charmer encor les bois.

Orléans, novembre 1874.

LES DEUX BARQUES

« O femme, sois vestale en l'âme et la pensée,
Et que jamais par toi la lampe renversée
N'ajoute à notre obscurité. »

(FLAMEN, *Pensierosa*.)

ENNEMIS du souci morose,
  De gais viveurs dans leur bateau
Laissent aller au fil de l'eau
Leur nef : l'aviron se repose.

Parmi leur troupe un virtuose,
Au timbre assez vibrant et beau,
Chante : « Vive la virago !
Du plaisir effeuillons la rose !

Quand notre dernier jour viendra,
Trop tôt Charon nous passera,
L'amour pur est une chimère. »

Mais ils croisent un autre esquif
Où rame un bambin à l'œil vif,
Et se taisent devant la mère.

AU MARTIN-PÊCHEUR

« Mon âme a plus d'élan que mon cri n'a d'essor. »
(SULLY-PRUDHOMME, *Stances et Poèmes*.)

Qui donc es-tu, pêcheur mélancolique,
  Hôte craintif de ces bords enchanteurs,
Où l'on respire un souffle bucolique
Tout parsemé des plus fraîches senteurs ?

Qui donc es-tu, gracieux solitaire,
Dont la couleur est celle de ces eaux,
Timide amant du calme et du mystère,
Qu'un seul regard fait fuir dans les roseaux ?

Qui donc es-tu, toi dont la voix aiguë
Fend tout à coup l'air, puis s'évanouit,
Forme rêvée encor plus qu'aperçue,
Rapide éclair dont le trait m'éblouit ?

Es-tu l'esprit de cette solitude
Qui vous attire au fond de ses déserts,
L'esprit des eaux, dont la douce habitude
Est d'effleurer iris et saules verts?

Es-tu, dis-moi, la fée aux ailes vives
Qui rase l'onde et la flore des eaux,
Et nous appelle au fond des perspectives,
Pour nous montrer ses magiques tableaux ?

De ces beaux lieux n'es-tu pas le poète,
L'oiseau du cœur, l'insaisissable oiseau
Qui n'est heureux qu'aux bords où se reflète
Dans le flot pur la branche du bouleau ?

Qui que tu sois, chanteur aux notes grêles,
Sylphe léger, qu'à peine j'entrevois,
Que n'ai-je, hélas ! et ta grâce et tes ailes,
Moi, lourd oiseau dont tu siffles la voix !

AUX ARTISTES

> « Côté à côte deux petits mondes
> Se sourient en jumeaux joyeux. »
> (Georges LAFENESTRE, *Les Espérances.*)

QUAND du soir le mystère ondule,
Aussi nombreux que les oiseaux,
Que parmi les joncs sur les eaux
On voit s'abattre, au crépuscule,

Paysagistes, accourez
Voir du jour lentement éteintes
Expirer les dernières teintes
Sur les flots par l'ombre effleurés.

27

A l'heure où tout se transfigure,
Dans leur sein venez contempler
L'étoile qui les fait briller,
Comme l'acier clair d'une armure.

Venez voir sans bruit s'assoupir
Par degrés les massifs dans l'ombre;
De l'air, sous leur feuillage sombre,
Venez écouter le soupir.

Venez près du saule, à la brune,
Voir, sous leurs voiles vaporeux,
Les Péris, chœur mystérieux,
Rire et danser au clair de lune;

Comme au sein de ton frais décor,
Fontainebleau, ta Mare aux Fées
Les voit, de romarin coiffées,
Livrer au vent leurs tresses d'or,

— Et quand l'aurore aux lueurs blanches,
Aux champs rappelant le berger,
Fera des brumes émerger
Les joncs, les kiosques, les branches,

Dans le brouillard qui vient mouiller
Du château l'ardoise lointaine,
Revenez voir de la Fontaine
Le parc doucement s'éveiller.

Comme on contemple dans son âme,
Ainsi que dans un pur miroir,
Les traits adorés d'une femme,
Oui, soir et matin, venez voir

A l'envers ce monde silvestre,
Poème de chaste fraîcheur,
Nager comme un toit de pêcheur,
Où le *Reflet* de Lafenestre.

ADIEU AU LOIRET

L'ARBRE que l'automne dépouille
  Comme un front vieilli par le temps,
De ses feuilles couleur de rouille
Jette les dernières aux vents.

Sur l'eau frissonnante et plaintive
Elles tombent, essaim jauni,
Puis lentement à la dérive
S'en vont sur le gouffre terni.

Plus de fleurs, de barques errantes
Avec l'amour au gouvernail.
Plus d'azur, d'idylles flottantes
Sous l'arbre qui fait éventail.

Sur le flot que plus rien ne dore
Les joncs flétris, décolorés,
Veulent se redresser encore,
Mais retombent désespérés.

L'oiseau furtif, peureux sans causes,
Nous jette son cri pour adieu.
Au revoir, jusqu'au mois des roses,
Charmant Loiret, s'il plaît à Dieu.

TABLE

BORDS DE LA LOIRE.

BORDS DU LOIRET.

IMPRIMÉ PAR GEORGES JACOB

IMPRIMEUR

Cloître Saint-Étienne, 4, à Orléans.

———

Novembre 1878.

BORDS DE LA LOIRE ET DU LOIRET

Tirage spécial du frontispice *avant la lettre*, cuivre non rogné, *carla maxima :*

25 sur papier du Japon, 12 fr. l'exemplaire.
25 sur papier de Chine, 10 fr. l'exemplaire.

OUVRAGES DU MÊME AUTEUR

A Jeanne d'Arc, Souvenir des Expositions d'Orléans, 1876.

Orléans, typ. G. Jacob.